小鸟们也分割着天空

闻小泾诗选

闻小泾 著

海峡出版发行集团 | 海峡文艺出版社

图书在版编目(CIP)数据

小鸟们也分割着天空:闻小泾诗选/闻小泾著. —福州:海峡文艺出版社,2023.8
ISBN 978-7-5550-3409-4

Ⅰ.①小… Ⅱ.①闻… Ⅲ.①诗集—中国—当代
Ⅳ.①I227

中国国家版本馆 CIP 数据核字(2023)第 157999 号

小鸟们也分割着天空
——闻小泾诗选

闻小泾 著

出 版 人 林 滨
责任编辑 刘含章
出版发行 海峡文艺出版社
经　　销 福建新华发行(集团)有限责任公司
社　　址 福州市东水路 76 号 14 层
发 行 部 0591—87536797
印　　刷 福建新华联合印务集团有限公司
厂　　址 福州市晋安区福兴大道 42 号
开　　本 889 毫米×1194 毫米 1/32
字　　数 220 千字
印　　张 10.375 **插页** 8
版　　次 2023 年 8 月第 1 版
印　　次 2023 年 8 月第 1 次印刷
书　　号 ISBN 978-7-5550-3409-4
定　　价 58.00 元

螺丝田

元阳梯田

沐雨

草原牧歌

蹚过那条河

带着鱼儿飞

鸟语花香

山高水长

林中嬉戏

水中猕猴

别有洞天

浓妆素裹

黄山雪松

甜蜜的世界

满园春色

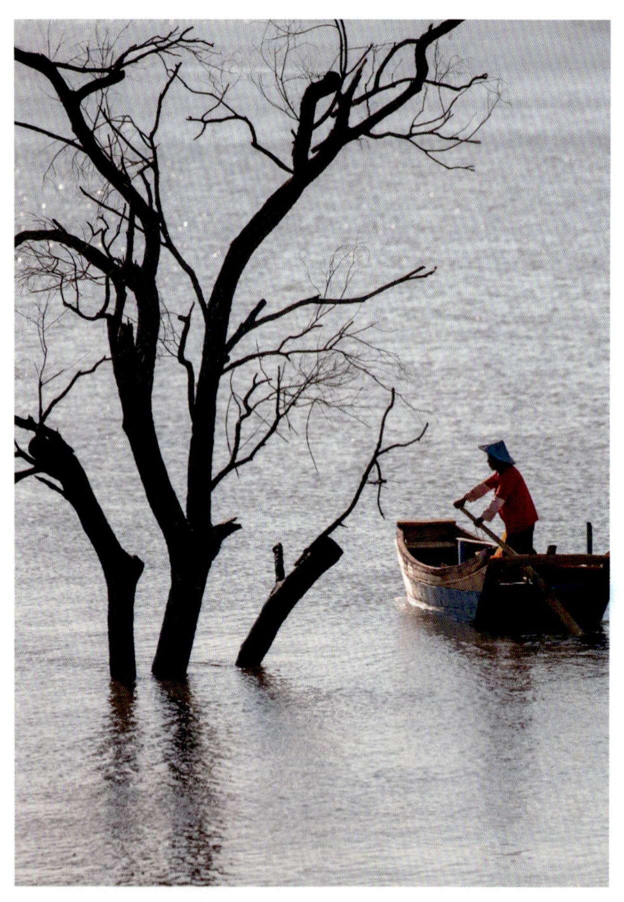

赶海

序

关于闻小泾的诗

◎叶玉琳

从20世纪80年代开始，闻小泾就致力于诗歌创作。后来，他经历了乡镇、报社、机关等多岗位锻炼，经常忙于事务和公文，90年代开始至21世纪初，搁笔十多年，但诗意一直不曾离开他。这方面的评价，著名诗人蔡其矫老师1991年3月在闻小泾的第一本诗集《空网蝉》出版时所写的序言中是说得很清楚的：

> 闽东在八十年代兴起诗歌运动，这个运动产生了一批很有才华的青年诗人，闻小泾是其中一个。而最难得的是他十几年来一直坚持业余创作，从不间断。
>
> 我最初认识闻小泾时，他正在某镇党委任职。他抄了几首新作让我看。我当时感到新鲜：做地方实际工作的他，竟写出具有现代风格的诗，除了改革开放的新时期，是不

可能在中国产生这种新事物。

现在他辞去党务工作，来做地方报刊的记者，是应该总结以前的写作，为新的升华作准备：回顾以往，展望未来。

这个小集，收的全是短诗。用的是口头语言，不在状物，不重情节，但在每首诗的背后，都有一个小小故事。也许写的都是人生经历的片断，不事夸张，读来真切，意象清新，以朴素简洁动人。

运用暗示，隐喻，象征，把内心活动表现出来，避免浪漫主义的直铺手法，使诗意含蓄，耐读。但也要有一定的限度，不能雾罩全体，连一点山头都不露。

主张浓缩，张力，跳跃，语言节制到一点都不浪费，是现代诗的一大进步。这就要在句式，布局，结构等方面用心剪裁，而不能过于随意而流于散漫无章。

新鲜，是从思想理念到语言形式的自然流露，不能本末倒置，以怪僻惑人。

闻小泾的诗，在以上这些原则，都比较接近中和，正如他的为人那样，心地坦荡，忠厚诚挚，思想万千，而又务求实际。

如果展露未来，也许闽东的自然和人的气质，能在他诗中进一步扩大，注重地域和时代的特点，使诗心具有更魅人的音响和色彩，则闻小泾的诗，将会获得更多的反响，这是读者的希望。

时间真快，一晃三十多年过去了。现在他已退休，但创作却不曾“退休”，反而是文思泉涌，又是诗歌，又是小说、散文。前不久，他告诉我说，想出本诗集，总结以前的创作成果，为新的升华做准备，以便回顾以往，展望未来，并邀请我为他作序。我没有为他人作序的习惯，曾经谢绝过多位文友的美意，但对于闻小泾，我只能勉为其难。

通读闻小泾的诗集，我有一个印象，就是他刚出道时，诗歌就已很成熟，如他 1988 年发表于《福建日报》“武夷山下”文学副刊的诗歌《乡村舞会》，把新旧时代交替时的城市风气对乡村的影响，通过舞会形式表现出来，最后说：“小小的农家厅 / 岂止是小小的山村 / 小小的大世界 / 所有的乡村的活力也在这里 / 舞起来了”。以小见大，说明改革开放的活力，对乡村的影响之巨大。

1990 年，闻小泾发表在《福建日报》“武夷山下”文学副刊的两首诗《六十九年岁月》(外一首)，我更喜欢其中的一首《七月风景线》，他把七月拟人化：“芭蕉叶覆盖的七月 / 在雨声中渐渐肥大了　飘溢的芳馨 / 在树林和村舍之间回荡”“雨中的芭蕉渐渐肥大了 / 仿佛伸手可触”。全诗使用隐喻和拟人化手法，使思想得到完美表现，作品显得更加吸引人。

进入 21 世纪以后，闻小泾的诗歌在叙事和深度方面加强了力度，如他 2011 年发表在《诗刊》的一首诗《黄昏》：“黄昏在一片雨雾中来临。它的淋湿的翅膀 / 在半空中闪耀 / 它带来了新的秩序：那些高耸的事物 / 瞬间低矮了下来 / 而那些匍匐的人们 / 却在大街上拖出长长的影子。它告诉人们 / 只有低伏着地面，才是最坚实的/如果有尖锐的耳朵/你会听见一阵音乐声自黄昏的翅膀下降临——那是它/带给人们的橘色的祈祷/直到第二天凌晨/它被垃圾车推走，大多数的人们/仅完成了一个并不完整的梦”。全诗就显得很有深度，我特别喜欢。

闻小泾的诗歌两次入选《中国诗歌网》“每日好诗”，须知这是从五十多万注册会员中遴选出来的，十分不易。两首诗分别是《农民工的妞儿》和《小鸟们也分割着天空》。《农民工的妞儿》，我觉得在口语和叙事化方面用力较大：

她缩在墙的一角，面前是一方瓷片
她在认真地做着作业
清秀的脸庞，有着城里人的味道
做了一会儿，她就停下来
凝神注视着父母——他们在墙的另一角
努力地抹着水泥
有时伴着机器的切割声
——她的脸上并没有出现困惑或痛苦的表情
对这一切她似乎习以为然——
又过了一会儿，她干脆停下作业，跑到
母亲的身边，她母亲也停下手里的作业，陪着她
玩耍起来，小小的收音机里也响起了音乐声
——她母亲说，打小就带她
到工地上，她已经习惯了
今年十三岁，念五年级

农民工的辛苦，农民工小孩念书的不易，农民工对小孩寄予的满怀希望，跃然纸上。当然，农民工现象，是城镇化过程中伴随出现的一种现象，需要时间加以整改和消化。诗歌只做呈现和叙述，不加一句议论和抒情，更能引发人们做深度的思考。

另一首诗是《小鸟们也分割着天空》：

小鸟们也分割着天空。麻雀只在
檐间跳跃，有时在二楼
有时在三楼；而燕子喜欢在屋顶盘旋
虽然她们不知道天空有多高远
剩下的空间都是鹰的，他随时变换着
翅膀的姿势，他的眼睛会看见
一只雏鸡在地面上走动（多么敏锐的
洞察力，在遥遥的高空，而且在运动中）
当他俯冲向地面时，整个天空都在
颤抖，因他扇起的一场剧烈的风！

整首诗以对比的写法，体现了对弱小者的同情。在这里，鹰的形象是彪悍的、恐怖的，这使我们想到社会上的某些不公平的现象。

闻小泾诗集中，好诗比比皆是。如《老人和晚年》写出了老人在晚年时对一生的回顾，很切合老人的心境；《太姥山》写出了禅味；《想做一回村长》写出了农村基层村级干部的况味。我觉得，这些富有时代感的诗歌，不仅是闻小泾诗歌中的精品，也是“闽东诗群”诗人诗歌中的力作。

通读闻小泾近年来的诗歌，我觉得，他在口语化及叙事方面做出了一些努力，但口语化不能丢掉诗歌创作的严肃性。诗歌的隐喻、象征、通感等诸多修辞手法，以及新鲜奇异的诗句，还得多在诗歌中得以应用和呈现，这样，诗歌可能更臻于完美。这是我所希望的。

（叶玉琳，福建省作协副主席、宁德市文联主席，著名诗人）

目录

第一辑　上午的小巷

第二辑　鹰在雪山上盘旋

第三辑　道路已被荒草淹没

第四辑　杜鹃花定会如期盛开

第五辑　一个下午的摇晃

第一辑

上午的小巷

老人和晚年

一棵树下他站了很久，看太阳从树梢出来
将他的眉睫照亮
嗡嗡的光线使他想起失散的日子
这个世纪为什么总有
那么多的行人来往匆匆融入苍茫呢?

他想他在这荒野上
也许寻找不到什么了，而凌厉的西北风
会把他变成一座雕像；所有的渴求
将被封闭在眼孔里
一道清泉从掌心流出，再也泛滥不成一个世界

他默默地转回头，一声尖利的呼叫
使他猝然倒地
而那棵树仍挺立着，阴影爬过来
覆盖了蕴藏思想的前额
头上的乱发突然青翠，像草一般
缘着天空

下　午

阳光在割过茬的田野上发绿
拾穗的孩子
向村庄的另一个方向去了
牛羊的哞叫声贩给了天空
葡萄藤勾曲的云朵
在家家门前放置的水缸上抒情
空气使人梦回十八世纪的法国
织网袋的妇女从门槛上
起身向一棵棵柳荫里的鸭子
鹅卵石间嬉逐着丈夫的秘密
青草园里涂了白垩灰的土墙
因了阳光把心事扩散成一圈圈池影

太 姥 山

最令人动心的是那气势
伟人般逝去了的气势
从天空直抵心灵
使我们好一段日子说不出话来

自从一场雨后
很难见到高昂的头颅以及原始的生命了
蓬勃之初，只是源于
血液的不再沸腾，不再馊变，不再平伏

见一次就足够让一生
海啸般隆起而凝固为天底下最壮观的风景
太姥山，你何必佛一般趺坐
自有烟岚从山下来从天上去
禅释着人类的命运

深山古祠

说是为了怀念一个古人
一个面孔已被风雨蛀成空洞的古人
这座古祠隐落于深山里
底下是流向远天的潺流的小溪
人峭立于溪上做猿猴一般啼啸
当然唤不回几个世纪前的某场意境
荷锄以及挑着粪桶的农夫
从祠前走过
并不向倾圮的墙垣多关注几眼
许多的传说都已被水漂走
漂成海边若隐若现的一座座小岛
墙上壁画和题诗依旧
依旧以无声的语言响彻空山滴雨
只是每次夜来时梦的泛滥
都有木筏从天庭咿呀而出
若远古的方舟
载满青山绿水间的全部消息

夜宿山庄

匆匆而来的一路尘埃，卸了下来
在清凌凌的水里
恢复原来的肉身；夜里，只搂着
一滴水入眠，水里有我
前尘的斑斓

第二天，留一山坳的阳光，与
葳蕤的树木，细细交谈。我只携着岩罅下
涓涓而出的泉流，上路
你会听见，它们在我的骨子里
欢腾地荡漾

祝　　福

夕阳，在两座山峰之间被

缓慢锤击

喷溅的火星，落在天幕上

灼出黑黝黝的洞

洞里泻出的光，布满了整个空间

让人以为，是上帝的作品

我从屋檐下抬头，只领略了

一缕，我已心满意足

更多的火星，让渡给你们——这些同样

仰望着苍穹的小草，你们的闪耀

或者飞翔，也是我

祝福的事情

黄　昏

黄昏在一片雨雾中来临。它的淋湿的翅膀
在半空中闪耀
它带来了新的秩序：那些高耸的事物
瞬间低矮了下来
而那些匍匐的人们
却在大街上拖出长长的影子。它告诉人们
只有低伏着地面，才是最坚实的
如果有尖锐的耳朵
你会听见一阵音乐声自黄昏的翅膀下降临——那是它
带给人们的橘色的祈祷
直到第二天凌晨
它被垃圾车推走，大多数的人们
仅完成了一个并不完整的梦

青 山 祭

寻找一处青山，小小的一抔土壤，把
自己放进去，这是父亲生前
一直努力的事

如今，他躲在里面，久久不出来，我不知道
里面有着怎样的欢愉，让他迷恋
以至于此

从前是一方的水田，如今是几亩的桃花
有三株，还剩下一些花瓣
垂落在薄光里

远处，还是无情的青山，罩着一层蒙蒙的雾
似乎人间的衰老、疼痛
与它完全无关——

但它却敞开一个小小的口：
要么进去，要么出来，只给一秒钟

想做一回村长

想做一回村长
手下有各种颜色的村民
他们种蔬菜
集雨水
吊一只桶在深井里　一直没有拉回
他们把生活　腐殖为
一堆堆的颜料
眨眼之间　又变幻出一粒粒的葡萄
和花蕾。他们不知道
省长是谁　只记得
我的咳嗽。在一碗酒里
他们把乡情酿得
很浓　小小的胸腔
注满自己的欢乐
死要死在村里，因为你
会带走一大片的唢呐声，和
一堆云朵
炊烟之下，移动的
都是我的村民

溪　　中

门前的一溪水，一条鱼在
水里，把自己游得
越来越透明。有时她飘向水面
啜饮一口天空，又紧张地
潜入水底。水底的那一块石头，像老僧似的
淡定，任鱼儿在浑身爬上爬下，但一缕战栗
却通过水面，漾起了一圈圈的波纹

南方的山

南方是植物们的怀抱。在南方，山总是贡献出自己的肌肤
让植物们，不管有名的，无名的，一团团地往上攀爬

有些攀到了山的头顶，有些攀到了山的胸肌。但山也不嗔不怒
一任植物们在头顶招摇

一遇暴雨，山，总是把植物们的根须紧紧地
攥在怀里，而任鲜血恣意地横流

表面看去，山很光鲜，有人甚至以“锦绣”称之；但没有人知道
山，是把所有的嶙峋包藏在心里

山，有时候也流泪，但它心里流出的泪，是甜的

——要向山学习的东西太多。而我学习了半辈子，至今仍
学不到一点皮毛

湖　　中

湖中的江山，有时是虚幻的。看见千军万马
从湖中走过
但仔细一看，空空如也
湖中的宫殿也是虚幻的。深入湖底，你才知道
从前光彩熠熠的
只不过是一些残垣断瓦
倒是湖中的一抹水草是真实的：它一会儿摇出你的
身影，一会儿摇出我的身影
但令人困惑的是，分不清哪儿是右，哪儿是左

金色的城市

惺忪中醒来的是城市，一辆
洒水车经过，城市就一个激灵

我走在濡湿的街道上，有时慢跑
我所看见的城市，一半被金光镀亮，一半仍隐于黑暗中

早于城市醒来的是清洁工，他们正忙于自己的工作
他们的作息时间，与城市是相逆的

跑过几个街区，走回家的时候，城市
仍在不停地晃动，也许因了晨光的缘故

重新躺回床上，竟看见窗帘也是一片金色

在栅栏间加快了步伐

在清晨的空气里行走。无垠的空气也
感觉到了一个小小的点
移动的形状
它从微凉慢慢变为发热。它的脚
切割着栅栏的空隙
从一个点，到另一个点，只用了几分钟

在它的影响下，空气也慢慢热了起来。从
小小的点，扩散到整个空间
并且，随着发热，空气也明亮了起来
多少事物都已醒来，趁这明亮的瞬间
小鸟的欢呼，尤为热烈

而我，只是其中的一个发动者，空气中
小小的点，在栅栏间加快了步伐

黑暗不久就罩了下来

一个女孩骑着小小的自行车走了。一个男孩，和一个
　女孩
正在操场上追逐。他们顽皮的影子
引来一个老人的荆条
他们都不知道：远处，群山正聚集起来
对金黄的太阳
进行一场谋杀——山的垭口正像一排
尖利的牙齿。黑暗开始笼罩在他们的头顶。这时，能
　够救赎他们的
只有灯火。但灯火迟迟没有点亮——谁来点亮?
而他们仍在操场上追逐：一个女孩追逐着
一个男孩，一个老人追逐着一个女孩，一场黑暗正从
老人的头顶罩下来——而他们皆未发觉

从此他就看着一滴水

从此他就定居在孤眉峰下，一个水罐的旁边
仿佛一只猴子抓住食物紧紧不放，他就抓住了孤眉峰下的一滴水

他看着水从悬崖上滴下来，滴入铺满苔藓的土层
又在土层里渗出，汩汩地在乱石间蜿蜒，其路径几乎与他的心路相似

每天每天他做着这一切，不知世间已发生了多少战争，多少变故
有的成了王，有的成了灰，而他只看着一滴水从悬崖上滴下来慢慢渗入土层

再次化为水从土层里汩汩而出

山的呼吸

身边唯一留存的，是一座山

但山也

渐渐地隐入黑暗中。在此刻

除了一绺荧光

我不知道，在此刻，是否真有

山的留存。正如不知道

是否还有你的留存，在这个世界上

多年未通信息，一些熟人

他们也像山

渐渐地隐入黑暗中，伸手抓不住

一丝毛发。但隐隐地

我似乎听到了涧水在潺流，山的呼吸，从

远处，渐弱渐强，以至于

声若洪雷

河口边，一支细小的芦苇

透过镜头，他看到河口边的一支芦苇，被一只鹭鸶的
细脚，一再压低，当低到水面的时候

芦苇突然弹起来——而这时鹭鸶已飞走
紧接而来的，是一整块天空

它们浓重地压下来——为了水面的完整
芦苇只好不断地挺直自己

而这时鹭鸶已飞走，芦苇只好以细小的枝干
支撑起倾斜的天空——

在镜头外，他以为是置身事外，但背后
已汗水泠泠

月光下的白

我脚下碰到的是一只竹笋，她的偶然的突起
与我的偶然的到来，皆是
不经意的。我带她回到屋里时，已是傍晚

微醺的灯光下，我把她的外衣一件件地剥开
我惊羡于她，身体的白。正当我用手
轻轻地抚摸着她的肌肤时，我听到了一声啼叫——

是在窗外。尾随而来的一只山雀，几乎与我同时
看见了她的白

山

山，在夜里，就把自己
藏起来，也藏起毛茸茸的草，以及
变色的蜥蜴。萤火虫点着灯，沿溪边一遍遍地寻找，
　它就是
一动不动；当你寻得紧了
它就从黑黝黝的深处，回你一声狗吠

院落黄昏

我蜷卧于你的脚下。看你们
悠闲地纺着
黄昏的光。似乎要把一年，一日
全都纺进，这织轮里

其实，真正有力量的，是这看不见的
根，它紧扣着地底下的
泉水，生出了多少颜色，包括这
枯干的，稻秸的屋顶，覆盖了多少生命的啼声

在我的假寐中，周遭正在位移，树干正在
扭曲着生长，黄昏也以一种
从来没有过的色泽，潜入地底。但只要
我的鼾声是轻微的

世界就将以
纯粹的韵律，迈入无声的转换中

时光的味道

一

颓败的山顶上的
一字形教室，闪亮于竹林间的
远处的小溪
几只蝴蝶从教室中飞出
扑棱着翅膀，消失于异国他乡
——他回到了三十五年前
他以为阳光下可以捉住几个影子，结果——
空空如也
他倚着教室的门，以为上面
会飞下扫帚来——结果同样令人失望
除了满身的尘埃
他不知道，还沾染了什么？

二

站在一片旧房子的废墟前。他想象不出
这是他居住过的房子
一个哑巴和
一个单亲家庭。日子下传来的尖叫。贴着门框的
闪烁的眼

楼上不断摞高的稻草

推开门，温热的饭菜——熄灭了的一把火

在变为废墟前

它们都经历了什么？夕阳从

一面墙壁移向另一面墙壁，井水从一只桶

倒向另一只桶

——它们似乎暗示什么，似乎

什么也不暗示

瞬　　间

他把她的瞬间抓在一张纸上

可她浑然不觉

他甚至把她的脸摁在下面

给她涂上各种色彩，让她的脸有了

更多的明暗对比

可她浑然不觉

他把她塞进一个纸箱里，让她承受

无数的废物的重压

可她浑然不觉

直到有一天，他面对着她，把她

翻了出来，才发现

这是让她年轻的

唯一方式

它却被风举在空中

忽然想看一看深林里的鸟巢，是不是还有
鸟，或鸟的一根羽毛

当众鸟都飞走了，它却被风举在空中
而不坠下来

或许它知道，比起大地，它的日子是充实的

上午的小巷

阳光洒在地上
这是世纪的最后一个冬日
小巷的影子歪歪斜斜
不知被多少匆匆而来的过客穿过
沟里的草菌已然长成一朵灿烂的花
曾经有人坐在门前说故事
如今踩着鸟鸣声走远
泼在外面的水引来苍蝇绕飞
这个冬日尽管漫长
对于皮肤却无临风的感觉
沿着墙根有时光慢慢爬行
直至人们的血管里形成块垒

空 房 子

这座房子怎么空着
这座房子的主人哪里去了
这座房子摆满许多椅子
椅子上没有一个人
也没有一个影子，从体温测不出
谁刚刚在这里住过
这座房子堆满了层层灰土
灰土上的脚印一一被时间抹平
风将门打开又关上
锁已经锈蚀，难以锁住一院葱茏
这座房子不会空落很久
已经有脚步声在远处悄悄响起
愈来愈近

雨后的日子

下了整整一个夜晚，雨势收束了
黎明从云层中
出来，它所偕来的鸟鸣有了
上帝的音韵。我所担心的屋檐已
不再表现为屋檐，而是
展示为一面广袤的天空；我曾经躲藏于其下的
灰衬衫，也开始亮相于阳台上
——没有什么比雨后的日子，更值得珍贵！
是的，我们应该到空气中走走，跳上几跳，而把那些
面相庄严的宅院，远远地
抛在，铁栏杆后面

然后，我们慢慢地回来，寻找着栖处

眺　　望

从山谷里，眺望一个帝国。日落时分
楼群依然矗立
一盏灯亮起来，接着，万盏灯亮起来

这里曾是乾隆到过的地方。到处留有
乾隆的痕迹
人们熟悉一张脸，就像熟悉一个
用惯了的词语

但城堞已经不在。不知始于何年何月
海水从墙根下，向外撤退
随着倭寇熄灭了的一把火。海在几公里外
寂寞地拍打自己

从山谷里，眺望一个帝国。日落时分
散成绮练的晚霞
渐渐地收起翅膀。人们在灯光中
且歌且舞，不为谁谁的生日
只为在床榻上，一个梦的酣眠

古　寺

千年古寺面前，矗立着几根石柱。每当尼姑经过，就会
掩起脸，隐忍着心跳
石柱终于被镀上了一层薄薄的苔痕，这些
眼光的残留
当我来到时，只看见一只小鸟在上面啁啾，并且拉下了
　几粒屎

归　去

再过几年，我将回不去我的村庄
我所熟悉的人们
已在一夜之间飘然星散
他们同我一样
不带走一口井水，一块柱石
乃至一片屋梁，他们
飘散的速度，不像一朵云，乃像
一座山；他们也将在居所
修起防盗门，按遥控器的姿态
仿佛他们的祖母就是这般模样
他们也将像陌生人一样
记不住邻居的脸形；而那些在榕树下
嗑故事的夜晚，早已随水声
漂向远方；我何时回去，才能
找到我留在草滩上的
那一只羊，它一定还在那里啃草
见到我的归来，并不惊惶
只微微地抬起头，却已泪眼汪汪

清明时节

每年清明，总要到白云山上走走
那里有一块
父亲亲自选定的墓地。两侧青山，面前是
巍巍的波澜。躺在这里
可看见日月经过，可放眼云卷云舒
自是一个好所在。难怪父亲
一躺就是十几年
一年没来，就见白云山上的树木
煞是葳蕤，墓两旁的白茅草也长得
老高老高了
只是墓前的一坪桃花，前年是
五株，去年剩下三株
今年连一株也枯干了——不知出于何故
两旁的茅草里，先是跑出一只小蛇
后是飞出一只蝴蝶，蹁跹的翅膀
与祝英台绝对相似——
可惜与父亲无缘。父亲躺在土里，默默地
呼吸着土气，也已十几年
好在这白云山上的树木，开花的开花
抽蕾的抽蕾，几乎一年一个模样
像无数的儿女陪伴在父亲身边，数着
寂寞的日子，连同
我们的心跳

陪　伴

习惯于在阳台上侍弄些花草，桂花、龙舌兰
牵牛花、月季花什么的
它们帮助我度过了无聊的业余的时光

我喜欢桂花的香，龙舌兰的耿直，牵牛花的
漫天攀缘，月季花的旖旎
它们正好弥补了我个性上的不足

有时我会主动拿起水壶替它们浇浇水，对于
生活在一起的生命，我总是呵护有加
当夜里孤独的时候，我总会把阳台的门开得大大的
以便让它们陪伴我一起酣眠

冬去春来，花草也度过了严寒的时光，它们的坚挺
对于我是一种安慰。在未来的日子里
我会加倍呵护它们，让它们在同我的相互慰藉中
一起走向年老的时光

瞭　望

天空由灰色转为黑釉色的时候
星星开始显现

显现的星星不是星星，而是一群
蜜蜂，它们正纷乱着向我飞来

但当我闭上眼睛，等待了许久
身边仍听不到嗡嗡声

原来，星星仍在远处闪烁，它们
与我的距离，仍有十万八千里

想人世多么空旷，目标多么遥远
即使我日夜兼程，仍走不到与星星距离的三分之一

但我仍执着于瞭望，为有心中的目标
与星星一样，在远处闪闪烁烁，而喜悦

乌鸦的天空

黎明时分，一只乌鸦从天空

斜斜地

飞下来，落在一株芒果树上

于是，乌鸦与芒果树构成了辩证统一的关系

乌鸦的存在，证明了芒果树的存在

但随着乌鸦的再度飞起

芒果树便急剧下坠，连同下坠的还有

身后的一大片楼房

此刻，天空已不是天空，而是一大块

飞行器，向乌鸦的头顶砸来

并发生，急速的旋转

在 山 中

一

在山中，我们走了很远，直到
一只鸟斜下来
穿过我们的谈话声，消失在
远处的树荫中
流水声低于我们的谈话声
在脚下潺流了很久
我们以为会碰到一只竹笋，但是，没有
我们碰到的只是一座寺庙，声声的木鱼
敲打着黄昏
我们看到，天空慢慢弯曲下来
被蝙蝠的翅膀
越织越小，偌大的一座城池
瞬间，被绮霞的余光
一点一点抽回

二

黄昏时刻，像我们这样走在路上的
人，已经很少
风吹着落叶，为的是让新分蘖的芽孢

进一步地生长

我们寻找着

竹林间的笋，一部分已被挖空，被挖空的

头部，聚满了苍蝇

有两三只，脱离了人们的注意，隐然在

草丛中，悄然拔节

苍凉的皮，有着将军盔甲的味道

这是四月，蝉还没有开始成虫，山间

充满了寂静，有的只是人们的脚步声

伴随着流水声

踏响一个季节的节奏

装　点

即使困顿在鱼缸里，也悠游得十分自在
这几条鱼
有时浮上水面吐几口气泡，有时又
潜入水底。潜入水底时
一动不动，像几片树叶；当你用手
抵着鱼缸，快接近她们的身体时，她们
又忽然翕动起来，快速地在水底穿梭，仿佛真有
什么重大的事情发生
其实，对于她们
白天和黑夜是一样的，当灯光揿亮，她们的身体
发出金黄、橙黄、赭黄和黑色的色彩
真把一个鱼缸装点得，与龙宫十分相似

经　过

晚上，没什么，到外面走走

一辆辆车从身边经过：它们不认识我，我也不认识它们

不远处，一堆人在跳广场舞，几乎就是

同一个旋律，他们在跳着

他们不知道有人从身边经过，我也不知道我的身边经过了谁

最后，碰到认识的两个人，一聊起来

小的孩子都已十四岁了，那年，他也是小孩子呀

看看，我们的身边都经过了什么？

抬头望向天空，云已渐渐散开，露出了

几点闪烁的星星

庞大的天幕，谁经过了，谁被经过了，它永远只是无语

农民工的妞儿

她缩在墙的一角，面前是一方瓷片

她在认真地做着作业

清秀的脸庞，有着城里人的味道

做了一会儿，她就停下来

凝神注视着父母——他们在墙的另一角

努力地抹着水泥

有时伴着机器的切割声

——她的脸上并没有出现困惑或痛苦的表情

对这一切她似乎习以为然——

又过了一会儿，她干脆停下作业，跑到

母亲的身边，她母亲也停下手里的作业，陪着她

玩耍起来，小小的收音机里也响起了音乐声

——她母亲说，打小就带她

到工地上，她已经习惯了

今年十三岁，念五年级

鳄　鱼

镜子里的鳄鱼张开嘴，对着
草地上的鳄鱼
它想，哪里来的一个家伙这么丑陋
竟敢对我龇牙咧嘴
镜子里的鳄鱼想跳出来
狠狠地把草地上的鳄鱼咬上一口，像人类
对付其同类一样，但它反复
挣扎了几次，终于跳不出来，如同被
无形的锁链捆绑，镜子里的鳄鱼看见一只鳄鱼在外面
　打滚，欲
挣脱锁链，钻入镜子来，镜子里的
鳄鱼现在明白，努力是没有用的，除非
它能将镜子打破，将镜子
所隐藏的影像，一一释放出来

街道的清晨

街道的清晨。有的门窗
落下来，有的门窗升起来。落下来的
门窗，就会闸住一些没有走失的身影
而升起来的门窗里，一些事物
被挂起，一些事物被放下，挂起
和放下，不依规则，只依握有
钥匙的手。一些人从云雾里赶来，提着
稻粒般的汗珠，比试着腰围和
长度，然后，又默默地返回阳光下。而
被撑起过的衣服，伫立于橱窗内
日复一日地怀念，撑起过她，然后又
悄然离去的，那个身体的
形状和温度

湖　　下

湖下面，全是一些纠缠的水草
像一间间的房舍
从鱼眼里射出来的光，走亲戚一般
游动于一扇门，到另一扇门

全世界的秘密都在这里！不全因为
海盗的缘故。珊瑚和珍珠
只是其中的一种；另一些藏在
幽深的宫殿里

鱼儿的会议并不复杂。它们只讨论
爱情问题，比如男女关系
往往凭借嘴唇的翘动方式。而另一个问题是
最后占领哪一片领域

我划着船从湖面经过，许多星星
正扑向湖底
至于它们变成鱼儿的过程，我没有
时间，窥探得更具体

镜 子 里

她在镜子外站了十几年。每次经过
我都会朝里看一看
更多的时候，我会把头
送到镜子里。于是，她在镜子里摸我的头
有时用电动剃刀，有时用梳发剪
有那么一刻，我感觉我是
分离的——头在镜子里，而身子则落在镜子之外
只是经过了那么默默的十几分钟
我才找到了回归的感觉——
将头从镜子里拽了回来，整理好衣领
又衣冠楚楚地
走在人行道上

晴朗的力量

天终于晴朗起来。阳台上的衣衫蠢蠢欲动地
开始晾晒自己
突然一束阳光射进来，眼帘里
布满了金光
我懒懒地起床，向阳光
一个鞠躬。我发现，阳光原来是金色的
难怪龙袍也是，皇帝
偷取了阳光的颜色

地上仍是水洼，我蹑着脚行走
阳光把水洼照成玻璃状，不小心，我会
从中看见自己。昨天，跳跃于桃枝的那一只小鸟
哪里去了？没有人告诉我

整个天空布满了金黄。可见晴朗的力量
我向过往的人们、树木
点头问好。沐浴着同一片阳光，我相信
我的心里是温暖的，你的心里也是

池　　塘

池塘里装满了蚊子的语言，一只蚊子搭着
另一只的肩膀飞走了
又来了另一只。照耀了一天的
日光，躲在水底下，温暖自己的手。任风从水面上掠过
一遍遍呼唤自己的名字。谁丢下
一沓纸箔，此刻已鼓起唇，紧咬住悠垂下
水底的树影，一动不动

最后的观众

电影已经散场。最后一个走出院子

的人，走下台阶

隐入黑暗中。他记不清

自己的座位号码：几排，几号

被哪一只编派的手？他也记不清

屏幕上蒙太奇的面孔，牵扯起

几多台下的真情。他竖起衣领，隐入黑暗中，感觉从未

有过的自由。在渐渐变凉的夜风中

不知谁是最后的观众

一个人在楼下行走

一个人在楼下行走；她不知道，有一个人在楼上观察
着她
她左手拎包，右手拎着食物

忽然奔跑了起来。天上没有雨
后面也没有追人

但她忽然奔跑了起来！一定有什么令她奔跑了起来
她跑得那么快，气喘吁吁——

“嘭”的一声，她把自己消灭在铁门里；只留下一整
面天空
以及楼上观察她的人

在左右摇晃

下雪的日子

已经好久没有到邮局去了
好久没有远方的来信
告诉我哪一天是下雪的日子
以及和我分了手的女孩，至今在忙些什么
已经好久没有听见蟋蟀的声音
在墙角鸣响，使人想起
一张脸庞逃逸
情绪在冬天不会发芽
而邮局在拐弯处
转过街角有风指引，我是没有风衣的人
我的风衣已留给那个女孩
下雪的日子，一路上丢失了许多果皮
一只旧皮靴踽踽来去

小巷的消息

沿着小巷行走，那个
给我洗过发的姑娘，已不知
去了哪里
她的手指真温柔！还有
楼上的那一间药铺
给我卖过
阿莫西林，听说也于不久前关闭
楼底下的店面
我买回的米粉干
浸泡了许多年，就是恢复不了
原样。除此之外
小巷里没有
更多的消息流传。一想起来我就
心痛：这些多多少少
同我关联的
人，她们消失之前，从不对我
吱一声

草原上的鹰

鹰站在岩石上转动着头颅，千里草原
也随着它头颅的转动而转动

它的身后，岩石的巢穴中，四只雏鹰正在
张着嘴，为它们的饥饿而叫喊

鹰的血液里充满了使命感，为父的责任
使它有了不顾一切的冲动

鹰站在岩石上转动着眼球，千里草原之中
有一个斑点，正落入它的眼球

一只刚分娩的母羊，正不顾自己的疼痛
用嘴爱抚着小羊，鼓励它站起来

小羊蹒跚着两只前腿，站起来又跌下去
跌下去又站起来——终于迈出了生命的第一步

但鹰已锁定了目标。饥肠辘辘的雏鹰的
叫声，使它有了不顾一切的责任感

就在母羊分神之际，一只偌大的黑伞
罩在了小羊的头上

随即黑伞向着空中飞起
小羊孤零零的双脚还抓着几根草

——黑伞越飞越高，越飞越小

母羊一声尖叫瘫倒在草地上，瘫倒在
自己刚刚生产的血泊里

而鹰，一会儿后，又站在了岩石上，千里草原又
在它的眼中转动起来——有如连续剧

一只牛的故事

一只牛走失在原野里，它是为
它的自由而走失

原野里几乎没有道路，只有密密麻麻的
树林里的野草，组成了道路

一头熊看中了牛的孤单，从背后
猫了上来，它想为自己解决一顿美餐

但牛发现了背后的窸窣声，它猛地一回头
两只犄角，几乎顶在了熊的额头

熊大惊着后退，连退三大步后，悻悻然地
扭头溜走——它为自己阴谋的失败而懊恼

牛继续往前走，它期望着走出森林之后
就会是一片广袤的草原

那里有肥嫩的青草，还有它
日夜思念的无拘无束的伙伴们

但一只豹发现了牛的行踪，它从树上
猛地向下一跃——

两只利爪啮住了牛的咽喉。牛猛然
一阵激灵，把豹子摔了出去

但牛的血管已被刺中。牛忍着疼痛
继续往前行走，为着它的自由的草地

豹子狡猾地跟在背后，沿着牛留在草尖
上的斑斑的血迹

牛越来越孱弱，它几乎迈不出腿
就在它即将到达草原的边缘时

它朝后看了一眼，一只豹子连同整座森林
在它的眼前旋转——有如万花筒

以后的故事与牛没有关系。只与豹子构成了
血淋淋的关系

拓荒者与豹

饥饿的两只豹离开了洞穴，把
两只幼崽留在了洞穴里

它们双双踏上了觅食的道路，连续三天
的乏食，已使它们饥饿难忍

月光照亮了眼前的道路，像一条白丝带
在森林中飘忽

它们低着头赶路，用嗅觉和听觉寻觅着
森林中的任何一点信息

忽然远处传来小孩子的哭声，越来越
尖利，越来越凄厉

它们知道，这是从拓荒者的小屋里传来的
小屋位于森林中，孤零零的一座

离此不远，四分之一公里外，紧靠大路
还有一座富者的房屋，它的主人是一位先期的拓荒者

两家的孩子经常往来。这一天，拓荒者正
弃屋而去，而富者的孩子却摸到了这里

夜色把他困在了屋里，他回不去了
只能用哭声驱散他的惊恐

两只豹子蹑足而来，它们判断屋里别无
他人，正准备猛扑而上时

先期拓荒者正转过屋角。他也是被小孩子的
哭声所吸引，犹豫着踏上了

通往小屋的路径。他跪下来用枪瞄准了
野兽，随着一声枪响

母豹倒了下来，雄豹见状，循着枪烟
向他扑来，甚至不顾腹部又被击中

的疼痛，用爪抓住他的肩膀，他用手
扼住它的咽喉

就在双手对峙之际，豹子却浑身
慢慢软了下来，瘫倒在地

他不顾肩上血流如注，扑到了屋子里

“孩子，别怕，我会带你回家的。”

“爸爸，我知道你会来的，我好怕。”孩子一下子

从黑暗中扑了上来，一声欢叫

几个星期后，拓荒人追踪野兽到一处山洞里

发现山洞最深处一块干草垫上

有两具刚刚腐烂的尸体，正是豹的幼崽

姑　　婆

刚刚收到一个礼物：一条毛巾被
说姑婆已去世，给我们的一个回礼

前几天刚刚去看过姑婆，躺在床上
不吃不喝，但意识尚清楚

她还能叫出我以及我弟弟的名字，眼睛里
还闪动着灵动的光

但不几天，她已撒手而去，并且以
悄然的方式

令人对人生的意义，又生出一层
幻灭感——

小时候，一过完春节，母亲就遣我们兄弟几个
翻山越岭，挑着糍粑，去看望姑婆

姑婆就住在云雾下面的一个小院子里
一方天井上面有一副对联

对联写的是：“皓月半池鱼戏水，
繁花满架鸟鸣春。”

天井两边的几盆月季花，煞是好看
姑婆就在这院子里，度过了几十个春秋

后来，我们也是每年春节去看她，她也就
在院子里，陪着我们说话

说每天晚上，都会在院子里看新闻节目
一看到有我们的镜头，就激动不已

姑婆七十多岁时，皮肤仍很白皙，中等身材
使我常常想起我见过的传奇女性——曾志

那时候，曾志就住在我们家里闹革命，姑婆是
曾陪侍她左右的小女子

后来，父兄牺牲后，姑婆就被远嫁到
一个小村子，其间的孤苦，难以为外人道也

好在几十年都过来了，姑婆有了个
儿孙满堂的晚年

晚年，她就看着日光从月季花架上下来
伸入院子，然后又缓缓返回

她的日子是多么的清静，几乎可以与
一口枯井相比

几次想叫她回忆父兄闹革命的往事，但总是被
其他的事岔开，而不及谈起

而今姑婆已经仙去，她以及家人的革命
事迹，也成了一个谜

好在姑婆已经算长寿之年了，九十二岁
也活过了将近一个世纪

只是每年春节，我将会空空落落的
但我的脑子里，将永远会定格一幅画——

飘满月季花香的院子里，倾斜的
日光下，坐着一个恬淡的姑婆

第二辑

鹰在雪山上盘旋

傍晚的街道

每天晚上他都要到外面走走，沿着
宽敞的街道
他多想碰上一个人，聊聊一天压在心里的
积闷，但他又
不想碰上一个人。他欣赏着自己的孤独
品味孤独所带来的酸涩的味道
果然，迎面走来一个人，从他的身边
侧身而过；迎面又走来
一个人，从他的身边侧身而过，有的
甚至是他熟悉的人。但他不想同他们打招呼
他把他们看作一个个符号，他也
但愿，他们把他看作一个符号
在傍晚的大街上，街灯亮起来的时刻
有一个人踯躅在街头，怀着
莫名的心态，把人看作一个个符号，自己也
被当作一个符号人，被晚风推着
往前走，过了一个街口
又一个街口

鹰在雪山上盘旋

鹰在雪山上盘旋，雪山

在它的脚下疾走

连同疾走的还有一只兔子

从几千米外，鹰盯着兔子，兔子在它眼中

越盯越大，越盯越大，以至于

占据了它的整个眼球，鹰伸出脚爪

把兔子整个拎了起来，仿佛拎起了

整个地球，天空随着鹰的翅膀向无限处延伸

随之鹰消失在无限处

十楼之上

坐在十楼之上，感觉就像坐在飞机上
看脚下，云来云往
刚刚在下面同你谈过话的人
突然之间变小，好像他们有了缩身术
那些景物也是
最好笑的是，刚刚从大楼里推着垃圾袋
下电梯的人，她们的变小
全在意料之外，她们走在空地上
不比曾经见过的几只蚂蚁
有着更多的活动力，仿佛天空是一面镜子
照出了她们出生前的原形

坐在高层

我是不适合坐在高层的人
坐在高层
我就会时时刻刻想着那些
在底层生活的人们
他们和我是不是拥有一样的阳光
一样的清新的空气
顶着十几层的楼板，他们是不是
感到了巨大的压力?
但我也羡慕他们，羡慕他们离泥土
更近，更方便吸取有机食物
羡慕他们，不用加压，就可以
获取澄净的水，有时我更羡慕他们
没有惊恐万状的心态
时刻担忧着，底下的人们一转身
整座大楼就会哗啦啦地塌下来
粉身碎骨，而后悔不及

自　　述

偌大的空间，我只占有八十亿分之一
比如一粒米粒
在太平洋的位置
而且我得时时提防，那些鲨鱼、鲸鱼、鳄鱼
比目鱼，乃至跳跳鱼
对我的吞噬。但我是
诗人，有时我会把自己看作
一位国王，有时则是一匹苍鹰
更多的时候，我是
一只，在黑暗中的蚊子，叮在你的身上
在你举手之际
我已悠然飞走

乡村舞会

所有的雷声、雨声、风声
都聚集在他们的脚下了
随着狂乱的舞曲舞起来
泥土和青草的气息
在厅内混杂

惯于踩踏打谷机的大脚板
如今也会跳
三步、四步舞了
而且迪斯科的摇摆像刚上
田埂的农家妇
差一点要摔到水田里了

几辈人的梦
从不远的天花板上
一齐向这边照射
把一个简朴的农家厅
变幻得
越来越像春天的山野

一支曲舞罢换上另一支

生活的节奏随之加快
小小的农家厅
岂止是小小的山村
小小的大世界
所有的乡村的活力也在这里
舞起来了

六十九年岁月

就这样
六十九年的岁月就这样走过来了
硝烟还在身后弥漫
许多坚强的躯体
矗立为一座座纪念碑
在青山白水之间
无数真诚的心灵前来瞻仰
献上一朵白色的花
绕飞的燕子总要在峰顶经久不去
就这样
许多烟囱树立起来了
仿佛在一挥手之间
只有远处默默闪光的镜头
才注意到这一片沉梦的土地
如何在打桩声中幡然苏醒
氤氲出一大堆国内生产总值
与人口增长追逐着速度
就这样　只要镰刀斧头的旗帜
悬挂在和风里
生命便生长得蓬蓬勃勃
而在这块散沙般贫瘠的土地上

那是一种怎样的焕发力啊

就这样　仍有许多的岁月晴晴雨雨

就需要这样信步前去

七月风景线

芭蕉叶覆盖的七月
在雨声中渐渐肥大了　飘溢的芳馨
在树林和村舍之间回荡
雨中渐渐驶近的航船
仿佛来自悠远的历史
被岁月拍打的痕迹依稀可见
一船生命散去之后
留下思想被时间锤炼得越来越成熟
以至于芭蕉的叶子覆盖不住
渐渐地露出峥嵘
显示珠光宝气似的珍贵
被无数图书馆般的脑袋所收存
任何力量也荡涤不去
拖动一块古老的土地驶向收获季节
那是一种怎样的风景线啊
雨中的芭蕉渐渐肥大了
仿佛伸手可触

植树的日子

河岸上开始有人走动

泛滥的春的河流冲走一个季节的沉梦

苏醒了的树苗等待种植的手

于是雾气里一曲歌飘出伴随一支队伍

使人想到英文字母的无标点排列

这是一片被滋润过的沃土

只要肯离开暖床就不会有饥饿缠身

遥远的山野之上曾经锈蚀的锄头

正发出轧轧的声音

门前的海

门前一湾海水，横无际涯
我曾驾着摩托艇
在它上面行走，飞起的浪花
溅湿了裤脚
海水有时是蓝的，有时很浑浊
水上有一些岛屿
磊磊的石头，像从天外飞来
我曾在其中钻迷宫似的，在石头缝中
钻进钻出。这些年来，有一些人
在上面搭起了木屋
在水里养鱼，这些鱼有黄鱼、真鲷、春子鱼等
最怕的是台风来临
这些鱼排受到了考验，我们也
受到了考验，几万吨的海水
直立起来，向岸上扑来
好在我离它比较远，有逃生的机会
夜里，蓝星点点，那是海上
捕鱼的灯光，一直亮到很晚
直到我们睡去

西　　山

西山一片苍茫。山里藏着
一个公园
叫南际公园；山里还藏着一条
古道，叫白鹤岭古官道
山里还藏着一个公园，叫继光公园
这些地方我都去过
瀑布淋漓，岩穴累累
山里还藏着一些长尾鸟，不时
向我的小区飞来
颜色斑斓，煞是可爱
山里还藏着一些雨，一到雨天
就飞到我的楼顶
我一有空，就会到西山行足
但我找不到鸟和雨的踪影
只见到几竿翠竹
煞有介事地立在路边，向我们展示
挺立的空虚之美

南 峰 寺

南峰寺在西山上。我曾到过几次
里面只有一个和尚
我坐着喝茶，坐在门口吹风
也见过一些人挑着砂石
气喘吁吁地往南峰寺的方向攀登
至于空手的人那就
多了，他们常以南峰寺为最高目标
而我往往就在半途而返
最近南峰寺有变化，一条公路
直达半山顶，省却了肩挑背驮
之苦，虽然对登山路造成一些破坏
下雨天时，南峰寺是
云遮雾罩，看不清真面目
只有在晴朗的夜晚，从山下眺望
半山顶上，树木掩映间
灯火熠熠，仿若仙境

南际公园

南际公园创建于何时，无资料
可考。我们知道的是，早在南宋绍兴二十八年
陆游到宁德任主簿时
就曾迷恋于这一方山水，流连忘返
到宁德后，二十多年前，我曾同所在机关的
干部职工，携家带口
游览这一方山水，留下了合照
电影《聊斋》拍摄时，曾以此为
取景地。南际公园现有陆游塑像一尊
南际公园美在何处?
这么说吧，它有深潭，有岩穴，有
瀑布，有吊桥，还有曲径通幽的花径，瀑布
之上，还有一座千年古刹，每天下午四点，经久
不息的诵经声，就在公园里回荡
几百年来，日日如此
游人来了一拨又一拨，但南际的山水依然
依然以它的妩媚
看着日来月往

眼　　界

家乡的过溪山边，有一块土地
面积不超过一分
小时候，我经常在那里劳动——种菜
劳动之余，我经常
拄着锄头柄，支在下颏上
心想，山外有多大呢
是不是比我面前的小山谷大十倍或二十倍呢
那时，我没到过县城
到县城要爬过一座高高的山
后来，到了县城，想不到大得多
光一个体育场，就比
我的村子还大
后来，到了省城，就觉得大得不得了
房屋鳞次栉比，一望无际
后来，到了首都，嗬，光一个颐和园
就比我的县城还大
后来，有机会出国，去西欧，光在
天上飞，就飞了十多个小时
始知世界之大，不是我的村庄
所可以比拟的，然后觉得自己的小
觉得自己的眼界有开阔的必要性
如今，回家乡的次数也很少了，但在那块地上的
联想，一直保留到今天

雪　原

已经是夜晚，很少有人再向这座房子走来
马拴在桦树皮上，蹄踏的声音使人
想起十八世纪，一座被荒草淹没的花园

只要你寻着灯光走来，就会发现
一切皆如童话一般布置，气氛是冬天，雪
仍在飘零
古寺的钟磬响了两百年，仍一如往昔

不要踏进门槛，它像一堵墙
会使你迷失回去的方向，方向在语言之外
为沾满尘世的脚所不能感应

冷空气从西北角而来，使灯光颤动于
风景线下，松子壳从峰顶飘落
将和生命一起凝固为失色的年轮吗

叩门之前

没有人的时候你驱车而来
在我的门口歇止　披一件斗篷
身体被冬天的寒气染红
叩门之前你回想着过去的时光
一个孩子在远处嬉戏
一切未有声息
而指示你前来的花朵已经枯萎
空气与门对流
但难以映象你的思想
好多年就在这静持中过去
你倚向一堵墙
寻找这世界尚为坚固的支撑物

题画《冬日》

四处布满饥寒

所有出发的路已被大雪封盖

邮车不再从远处驶来

你想念的朋友在眼窝里

已冻结成一柱冰凌

温暖来自异物的羽毛　来自心中

磐石般的前额注定要承受一片逆光

无树桩可倚

雪天下你就是一垛树桩

但有热气微微地呼出

同　　情

山上长满了树。树与树之间
没有隔两三米的距离
而是重重叠叠地挨在一起。那些
争取了阳光的树，就长得格外茂盛
而那些见不到阳光的树
就显得明显的孱弱，有如得了绝症的病人
有时即使是同一种树
相互之间的区别也明显看得出来
前不久，有一种毛线虫袭击了这里的松树
于是这种树都遭到了砍伐
不管是沐浴着阳光的，还是偏僻的
好在杉树、香樟树、竹子
依然长得很茂盛
弱肉强食，在树木之间也得到了贯彻
我对地处偏僻的树木充满了同情
有时上山，就忍不住停住多看了一眼

访　　友

星期天下午两点
我到你家找你
白色茶缸下压着字条说你已出门去
从前门或后门出去没有说
我想着你在路上滑行的姿势
也许有一辆车会迎头压过你
而我再也见不着你回来
这张字条将成为
你我的告别词　而你在镜框里
的照片不说一句话
深意的微笑使我茫然
也许我得郑重地将这张字条收起
把你的门反扣上
青苔正从镜框向四外
蔓延开去　而我仍坐在想象中
等待着你

无聊时分

把一扇窗户推向天空
邀请阳光到久已尘封的房间做客
自从那一场雪过去之后
窗前的小路落满诗情　无人打扫
孩子的纸鸢在远处飘飞
绿荫间筛下的语声已然安歇于泥土
除非有好心情可以到
不知名字的山巅走走迎接四面风来
岿然屹立于峭壁之上
伸展手臂做欲腾飞状仿佛松树的枝条
从而完成未了的愿望
然后回来把天空
收束于玻璃间纷呈色彩

老　　街

老街坐落在溪边，风一吹来
老街里的人的影子
就会摇摇晃晃

我曾长久地坐在老街的横梁上
接受风的抚摸
并长久地看着老街溪里的鱼

自由自在地游弋，互相追逐
在溪边放钓是件幸福的事
尤其是鱼儿咬钩的刹那

几十年后，老街的人影都散了
唯独老街还留着
以自己的老，对付天地的沧桑

邻　　居

我睡在某个家庭的身体下面，她们在
夜里走动的声音
不会惊醒我。她们有她们的空间
我有我的
我也睡在某个家庭的身体上面，她不会
因为我的重量
而艰于呼吸：水泥板隔开了
彼此。我们至多在梦境里往来，但第二天
都不会告诉彼此
上午八点钟，下午五点半，我们
基本错开
但有时，我们会在
空中相遇，通过排气管道，我遣我的
她遣她的香，在室外，抱成一团
分不清你我

野　　牛

在非洲，一只狮子是孤独的
几只狮子也不行
当它面对一群野牛时，狮子的办法
是没有的，而野牛张着犀角
就可以对狮子，特别是小狮子
发起冲击。当然，有时候，落单的野牛
也会成为几只狮子的饕餮大餐
在非洲草原，弱肉强食已成为规则
好在人类社会，还不完全如此，对
弱小者的关爱，还没有完全消失
每每看着大片，就对一只落单的野牛担心
黄昏下，落日如血，而野牛
则如落日

遥　　控

屋子里没有声音。只有女主播的声音
在空旷中
絮絮叨叨地回响，仿佛我的屋内人
她不认识我，我认识她。她的下巴有一个小痣
让我想起另一个下巴有痣的人
她笑起来很甜。在一天的某一个时刻
她占领了我的屋子，我的屋子
充满了她的声音。当然，这只是一种
恍惚的感觉。其实，她远在
三千公里以外，以我看不见的方式
对我实施了遥控

一场盛筵即将举行

一场花朵的盛筵即将举行：纯白的
赭红的，自由的……仿佛
有一台鼓风机从四面八方输送着
爆发力，从山边，从田野，从不起眼的
小小的院落；酣眠的万物终于爬出
洞口，小心翼翼探出腿——而这时，漫天已经
充溢着一股全然不同的气息，令血液
沸腾，还有一种鸣叫声，从远远的草丛
穿越河滩，直抵杂乱的房间，虽然
我们看不清它的发音部位，以及
是否有绒毛的面孔

空　楼

人去楼空。走廊里空荡荡的
没有一个人影
曾经三十多人的单位，说散就散了
说搬家就搬家了
历时五年多的新楼房的建设
如今只剩下一个框架
在等待着新人的到来，以及一个
局长的办公室，在等待着
退休令的到来
一切似乎都是梦，那曾经的汗水
那精打细算的琢磨
那备受委屈的反复的审计，都
似乎一夜之间烟消云散了
呵，还好，还有窗外的阳光仍
那么明亮地照耀着这座楼房
以及楼房里
正在整理东西的某一个人

渺　小

一个人在地球上，其实是
极其渺小的
不要把自己看得伟大，伟大
只属于极其个别的人
小时候，老师教导你要树立
伟大理想，那是为了
引导你的人生方向。不等于有了
伟大理想，就能实现
要知道，行百里者半九十，实际是
行百里者半五十，甚至五十都不到
你踽踽地在路上走着，走着走着
天就黑了下来
你忍不住自问：我今晚宿
在哪里？而四野是
一片茫然

天外的世界

背对着黑暗，他们在天空滑行

他们的身上

套着坚硬的壳。但他们并不感觉沉重

他们在空中翻腾

有如无骨人，他们没有体重

他们的体重留在地球上。你若要寻找他们

只能通过从天空垂下的

一根线，但这根线谁也看不到

通过一面水膜，他们把天外的世界

竖起来，漂亮吗？漂亮，但

最好不要弹破

深夜醒来

深夜醒来，揿亮灯光，打开微信，一个个在世界以外
发生的故事
就纷纷，挤到房间里来

有什么在房间以外游动，有什么在房间以外升腾
有什么，在房间以外嘹亮，就纷纷
挤到房间里来

用一部手机控制世界，我感觉自己就像帝王，甚至，
　我想让
世界毁灭，毁灭在我的眼前，只需
我的指头，轻轻一按，只在一瞬间

我感觉自己，比帝王更帝王，带着心满意足的
微笑，我重新陷入梦中
让一盏灯，孤零零在床头，熠熠发亮

再访斗姆岛

斗姆岛坐落在海的中央。周围是
涌动的蔚蓝色的海水
海水之上，悬浮着白色的泡沫，泡沫之下
是一筐筐的鱼群
我去的时候，天正下着小雨，和
一群人。这群人中，有来自台湾的古月和
林文义，诗歌让他们不老
沿着石路，我们爬上了斗姆岛，不觉有些出汗
恍惚觉得，这个有着金元宝、螺壳岩和
小迷宫的岛，简直就是小太姥的化身——
全是花岗岩垒就的嵯峨的形状
站在顶上，看海天一色，几只白鹭在海天
间缓缓地飞，使人觉得，有如梦幻
下得岛来，我们沉浸于同几只甲壳类生物的
纠葛中，几乎忘了岛的存在

一只乌鸦站在高压线上

一只乌鸦站在高压线上。它不知道
它的脚趾
连着万家灯火。假如它不高兴，就可以
攥紧脚趾，让电线里的电流
停止流动，或往回倒流。那样，城市就将
陷入一片苍茫：脸孔寻找着脸孔
啤酒瓶寻找着啤酒瓶
但乌鸦是仁慈的，它只发出一声轻唤，就飞走了——
于是，一根电线又挽起了一座城市
灯红酒绿的生活

镜　　子

一天的时间，它面对的是空茫
只有那么一刻
它才获得了内容——当你站在它的面前
左顾右盼——它获得了血肉
你获得了面庞
但大部分的时间，它怀抱的是
抽水马桶，尽管时不时听到
“咕咕咕”的响声
但它知道，那不是它，存在的理由

我们的生活

四月的温柔的空气，将我们
提在半空中
我们无须拼命拍打，大口喘气
我们不是鱼
我们只是一户普通人家，我们在灯光中
过我们的生活
我们有裸体的需要，为了清洁满身的
污垢；我们有偷窥的需要
为了借鉴别人的生活
我们系在半空中时，我们感觉安然：
我们只是金字塔的一层，我们
踩着别人的头顶，别人
踩着我们的头顶——于是，我们过
我们的生活

地震的感觉

随着雨水到来的，是黄昏的
淋湿的翅膀
它渐渐覆盖了广大的区域
你我皆在其中：你在你的空间
我在我的
但一阵晃动从无形中到来——
吊灯发出了清脆的声音，没有风
而雷在外面一闪一闪，夹杂着
箭镞般的暴雨
此刻，你能做什么？
除了赶紧抓起手机和钥匙，跑到
楼道的雨檐下
等待着
更大的一声晃动，砖头随之纷纷坠落
或以为是错觉，再慢慢地
拉开铁门，一步一步地
返回到沙发上来

周　末

望望窗户对面，没有一个人
只有几盆花
在阳台上：铁树、百合花、月季花
只有几件衣衫在竹竿上
不摇晃。他们人呢——
那个新买了房子的人呢？那个
提前退休了的人呢？
那个因案件牵连到监狱里蹲了几年的人呢？
他们全不在阳台上
或许同我一样，在玻璃窗里
悄悄观察着世界——他们以为自己
是一个智者，而在外面的人看来
也不过是一只在玻璃缸中游泳的鱼
并且，吐不出几粒气泡

月下的城郭

月下的城郭。人民安然于灶台边，电磁炉里
烹煮着他们的
心声。我从山坡上下来，也将加入
他们的队伍。我会用带回的泉水，把白菜
洗得更干净；切出的形状
有如社会秩序
我安然于一颗白菜的味道，而忘记了
头顶上还有
一轮明月

秋天的歌

这时候正是秋天。收获季的馨香远远地
从原野之上传来
越过篱笆，敲击着百叶窗
一只麋鹿从山径上迤逦而下，惊恐地回头
眼睛把秋色映衬得
多么斑斓

小园里的草刈了又生，以一茎枯黄
和江面上的歌吹争说晚秋
鸡雏啄食着日影
船帆涉过夜色湿漉漉地归来
窗叶在风中自语
拥有情侣的树影摩触着天空

而我，此刻在躺椅里，捧一集诗
悠闲的风里咀嚼着青草
窗户开了又合上，没有客人到来
心想着沉甸甸的稻穗的形状
突然有金镰向梦境伸来

翻　　动

她在厨房里翻动着茄子，有一只手
也在翻动着她，她俩在
铁锅里一起变软，渐渐成熟；当茄子从盘子
里端上来
散发着清香时，她发现，自己的
清香已瞬间，消失于无

花　　朵

阳光是透亮的，尤其在经过了
几万吨的空气之后
阳光到达阳台时，阳台捧出了
一盆盆的花朵
阳光用手轻轻抚摸着它们，犹如
王羲之用毛笔
但几分钟之后，阳光被云层收回
于是，体内蓄满了阳光的
花朵，在黑夜里，为这个世界
擎起了，一只只的灯盏

刈草机，在突突突地响

又是刈草时节。刈草机在楼下

突突突地响

我可以想象它被拦腰切断时

那一股钻心的痛

但它不呻吟，不呼喊

——它已发不出声音

过河拆桥，这是人类的本性，它已

多次熟识

但它还是拼尽最后一秒钟，把氧气

输送了出去，为了人类的健康

它的愿望其实很简单，就是在它倒下的

地方，让子孙们继续冒出来

摇曳着身姿

不沮丧，不抱怨

继续为人类输送负氧离子，以免他们

在自己制造的 PM2.5 中不断地

萌发癌肿

翻　晒

她坐在篱笆墙边，反复翻晒着自己的影子
有时褶起来，有时又舒展开来
有时用手心轻轻地
拍打，她以为，从中会拍出一只
蓄养了七十几年的虱子来
——但一切与她的愿望相反，除了从中拍出
一团锈蚀的阳光，剩下的
就是她自己的一声
孤零零的喟叹

在小城，伤感仍然透过树枝

南方的佛寺，已经好久没有去拜谒了。那个曾允诺
给我摩顶的人
已经以烟的姿势，去摩触着天空

而大地仍然空旷。伤感仍然透过树枝一只只向我袭来
它们集聚时是一群小鸟
而分散时，则是一堆无主的坟

在风的吹拂中，我一点点缩小着自己，并尽量泵动
每个器官的血液，为
自己加暖；还有什么能比得上地面上的一簇簇荒草

更像巫师。当它们裸赤着身子时，天空
不过是一把修修补补的伞

发　现

突然间向上的，是山顶上的阔叶林
它们集聚起所有的阳光，仍然
一个劲地向上生长

而上面是天空，除了一些破碎的云絮
其实，只有一丝风

而它们向上的愿望是如此强烈，有的
还抓住岩穴的缝隙，身子在
微微地颤抖！

整座大山，除了夕阳，朝着相反方向的
只有：根和流水

生　　日

我的生日的边缘
有许多草在生长
从没有月亮的暗夜里
响起蟋蟀的鸣琴
我的生日的边缘
没有树
只有一口清水井
收集了许多星光
我的生日的边缘
有许多苔影走动
从渐渐远去的山风中
知道将有孩子们来瞻仰

稻香里的村庄

那时候，稻田是围拢屋前屋后展开的
人们前进或后退
屁股都向着村庄，打谷机
响在田里，也响在村庄的窗棂间
也响在人们的心上

人们送茶水和点心，都送到田垄上
有的老人，为了节省晚餐
就吃点心四碗到五碗，以至于
撑着，都弯不了腰
傍晚，挑着稻谷时，也挑着夕光

后来，改种了葡萄，一袋袋地悬在
纸袋里，青翠欲滴，农民们
也到市场上买粮食吃了
打谷机也生锈了，几十年前挖的水渠
也断流了

但村庄的新房屋起来了，村庄的
朗朗笑声也起来了
人们四散分布于城里，镇里

有的做生意，有的打工
他们不再以农民自居了

如今，远远地看去，屋前屋后，一片
白色的塑料膜，遮掩起曾经的金黄

给戴眼镜的 A

你把自己躲在镜子后面
透过一层薄薄的玻璃去观望世界
你相信镜子
于是也相信了镜子所传达给你的
山岭、树木
以及人们脸上的微笑
你以为世界也像镜子一般
单纯，而且透亮
你不知道，世界在你面前放大
你已在世界面前缩小
你踽踽地走着，像一面镜子
怀着朝圣一般的信心
人们不知道你走向哪里
而你也不知道自己脚下是什么

傍　晚

那天傍晚，雨下得很朦胧，山峰在远处
闪着孤独的影子
太阳的光线横过天空呼啸而去
我在你的门口等了很久
终于你没有出来，一只乌鸦在老椿树上筑巢
我真想钻进鸦巢里，寻找你失去的耳坠

灰土墙不记得我伏在它背上哭过
雨迷蒙，过路的花伞绿伞黑伞一把把打过去
从不停下来问一句我是哪家的孩子
为什么天黑了还没有人领回，灰土墙一块块
剥落，小巷的影子倒过来覆盖了整个天空
一扇扇窗棂狰狞得似一座监狱

我甩着鼻涕走了，路上很阴暗
一条狗尾追来，嗅嗅我的声音离去
天狼星在天空
倾斜，我裹紧单薄的外衣，顾念着晚上宿处
夜色暗下来，我的眼皮渐渐沉重
石头在脚底下莫名地滚动
终于失坠于几尺外的湖中

墓　地

你们不会从这里经过
我倒下的地方
你们不会经过无花的墓地

你们不会想象
死去的人思想还会生长
须根般使泥土松裂

你们从我的发顶踩过
调笑的声浪
使眉睫上的蚂蚁纷纷逃去

你们不会想到
层积的泥土下舒展的手指
正忧伤地给你们指示方向

沿袭而来

总感觉有一个门槛横在面前，但实际上什么也没有
午夜十二点，我们就直接跨过去了

又是新的一年。也感觉有一道道细细的门槛横在面前
午夜十二点，我们又直接跨过去了。又是新的一天

紫禁城好像比我们高出许多，仿佛在天上
但我们站在景山公园看去，它就是一堆趴在泥土里的
　蛤蟆

有时观念是可怕的。我们总觉得到处是门槛，头顶上
到处有说话的声音，其实什么也没有

阻碍我们的，是心灵中的那一点错觉。沿袭而来

我的村庄

我的村庄
狗尾巴草疯长了几个世纪
山风　从一道门槛
又一道门槛穿过
不管老人们
怎样摩挲着掌故
光滑的石头
铺一条路　通向久远

路尽头
孩子们的啼哭蜿蜒而来
坑坑洼洼里
积贮了多年的雨水
开始放浪出一些节气
篱笆周围
青椿树生长　喇叭花
绽放得很鲜红

我的村庄
每一根柱子都有
一些传说在暗淡　转成苔绿

狗们的舌头
把屋瓦上的野芦草
吞吐得摇摇晃晃　水井里
一只桶
不知搁置了多少年
至今仍没有捞起
值得全村炫耀的秘诀

黎明前
总有一些云在头顶聚集
把村庄的影子
印在上面　远远地
传来鸟的长鸣
人们相告说　这是
吉祥日子来临的
征兆

春 耕 曲

撩开睡眼惺忪的早晨

走向田野

吆牛声甩得格外响亮

为了整个生命的延续

必须这样——让躯体躬曲于

泥土和田水之间　绘出满天的云朵

尽管肌肤的疲乏

经过一夜的抚摸之后仍难以褪尽

只要把双脚像树般扎入泥土伸展根须

沉甸甸的季节

就会在不远处微笑

穿　越

必须从这里穿越而去
必须有一道亮光在远处等待我们
必须张开翅膀像一个无理数
必须有纪念碑一座座倒下又一座座崛起
于我们贫瘠的脚底

必须剑一般剁开一切
必须踏着荆棘披着夜露走向前行
必须一句阿门推开上帝之门
必须有一群蝙蝠翩翩起舞
像迎接我们的天使

必须痛苦于这个世界
必须雕像般沉思于这个世界
必须有无数的斑点筛落于我们肩上
而我们真的如受难基督般纹丝不动啊！

迎接春天

毕竟冬天是短暂的
被冻结于地底的鸟声
开始发芽
展露为原野的一片盈盈绿色
谁第一个走上井台
以悠长的期待
测试着地心的温度
为阳光吹拂的季节预作安排
村庄沐浴在晨雾里
像窑藏种子一般
等待着切入肌肤的
犁铧深度

临水而居的人

一

临水而居的人
没有故乡
他们的故乡在风浪里
每一次水的颤动
都给他们一种新的感觉
那是一条鱼向他们游来
直至他们的手上筑起块垒
鱼鳞才一片片剥落
沿着潮水驶向无边的风帆
而他们的家被鱼唇啄碎
零散于橹声里
于是临水而居的人
在码头上
泼洒黄昏

二

临水而居的人，于黄昏时刻
把船撑进港湾
让酡味的水泼洒一天的疲劳

天线支起在船篷上
全天候旋转
铁锚结实地咬紧淤泥，像命运

抖着一二两酒气，在岸上行走
歌哼得蟹脚板曲曲歪歪
打住，那是哪家的妞
钻出船篷潮水一般鲜润
哈哈，别在爷们面前扭扭捏捏
像刚出网的鱼儿

且到录像场里坐一会儿
然后踩着桨声下到船舱
“酒鬼，别碰”
一个瓮声瓮气的女人声响起，没有回音
船在港湾里不再平静
风吹般倾斜……

三
在汽笛声中醒来，一江的雾
眼睛还留恋着昨晚的芳香
污物排泄向水面
鱼唇相啄
燃起一江的渔火，煮熟清晨

靠向网边

系缆桩水草般晃动

蹦跳的几条鱼儿，道尽鱼汛的薄情

把船撑向上游

顺流而下，风帆刮落片片鱼鳞

粗大的手不如一只桨

煦阳照进船舱，一船的倦意

滩声从远处隐隐传来

被鹅卵石冲刷得如一个梦

裤管卷起在赤脚上

踏滩而去……

关于桑美的记忆

水做的山，在江中林立，爬起又摔下的
是一艘艘木质的、钢质的船，不是蚂蚁
谷底之间穿行的，狼的吠声
从大洋深处——尖啸而来

熄灭了所有的明亮。挣扎的手在水面上如莲盏
先封闭了嘴唇，而后眼睛
而后牵挂的心。用盐渍的水，再用淤泥
密实如窑藏的影子

一个船长，在峰谷之间，托起了莲花的呼吸
一盏，两盏，三盏……终于让自己也成为水中植物
荇藻交错中，被鱼儿误以为珊瑚礁
集聚起了所有的呻吟

除了一江的痛苦，一切很平静。偶尔
有一条鲈鱼浮出水面，让人们讶异：它的壶中
到底藏有多少唾沫

水下的城池

如此美妙的水覆盖着城池
覆盖着曾经的鸡啼、鸟鸣
覆盖着爬满墙垣的常春藤
覆盖着邻里间熟悉的手势和眼神

如此美妙的水覆盖着旧日的衙门
覆盖着衙门里那张落满灰尘的案
以及案桌上荡漾的浓墨水
被时光汲尽后辗转不绝的呻吟

如此美妙的水覆盖着鹅卵石路
覆盖着霜叶凋零的清晨
从这里出发的所有车辆的辚辚声
幻化为悠悠游弋的一只只锦鲤

如此美妙的水覆盖着我的身躯
覆盖着在城池上空翱翔的灵魂
从湖底古老的房舍里冒出的咕噜噜气泡
我读懂了千年的叹惋和幽沉

夏季的平原

夏季的平原，总有许多令人怀念的节奏
未被意识
当我们伸出脚，总可以沾染到
一两声鸟鸣
啨，博大的太阳正以它无私的光线
吹拂我们的生命
面对它默默的倾洒，我们还能说些什么
裸露你的身躯到植物丛中去吧
那里有花朵和河流的爱抚

生殖的欲望被露水催长
但被人们漠视，有脚步走过并不抬起首
昨夜的星辰太疏淡
仅引起关于平原的联想，一驾马车迎面而来
载着清晨的空气离去
鞭子甩落一个诺言，如蝉蜕

领略了过多的风味，平原此刻正处于
群山围困之中

北方，北方

北方是温软的，北方的风带着峭厉
从草尖上掠过
铺展一幅古战场的景象
北方有一些房子坐落在釉彩里
晒一卷翻读不厌的线装书

北方的女人生着白皙的皮肤
陌生的空气里充满嚔人的笑
酒、涮羊肉以及乳晕
各以一种方式接近生命
谁为一棵老槐树命名

池塘里倒映一些云彩
一些想念北方的梦，葡萄园的一角
搁着一张椅子，没有人坐着的时候
总会有音调铿锵地
掠过屋檐

他乡遇故人

好多年以前

你的脸庞仍在我眼前闪耀

突然被楼梯走上来的声音印证

风尘仆仆的一身

把异地的客舍扑打得羽毛纷纷

所有的回忆飞落满地

话云话雨话夜晚

话几重青山外的城池　波光粼粼的城池

被你的智慧和温馨

抹砌得几分光彩几分现代的城池

城池边有一株柳树

正缓缓地转过身等我　你说

客舍的夜晚因你镜片的镶嵌

而温暖无比亮色无比

城市下水道

城市下水道正在铺设
车辆驶过旋起一身的泥
工人把一筐筐泥土从地底抛出
且一节节的水管向前延伸
铆接着一个白天和另一个黑夜
大街小巷的闲言碎语将从这里排出
通过管道的运行吞吐给大海
城市将不再有一身令人掩鼻的气味
洁净的花坛边留下一声声鸟语如叮咛
没有人想起几年前城市所经历的阵痛
手术般的黑血汹涌而出染黑了岁月的边缘
下水道一节节剥落
城市在打桩声中将永远年轻

水　　妖

走在路上的那个女人是谁?

影影绰绰的很陌生

曳地的连衣裙随晚风拖过

使月色发出朦胧的晕光

是我思念已久的水边林妖吗

不带一点儿世俗的气味，仿佛出自绛谷

那姿势，那笑靥，那使人昏昏

欲睡的面容

俨然一个雕石匠的作品

那女人，充满了神秘的诱惑的女人

在黄昏欲降未降之际

从我的眼中飘过　消失在竹林间

猫

这只猫看上去很面熟

好像在哪里抓伤过我的手

它的尾巴后面一根白绒毛很有哲学意味

不知是否预示着五千年的痛苦

在一个傍晚来临前

它的尖厉的叫声使许多生命恐慌

我的伤口就是在那时候愈合的

而且阳光从此再不能在里面筑巢

这是一只很懒的猫

它的脚从天空踏过

从此地球上经常轰响着雷声

许多年后

许多年后
我们突然邂逅
也许还会颔首问候
但已不像从前
因为我们不再年少

许多年后
我们都已白发满头
公园树下
把蒲扇轻摇
摇起一腔浪潮

哑　　巴

记得村子里
曾有过一个哑巴
他的哥哥在一次洪水中
被救险的念头冲走了
从此没有回来
从此他徘徊在断了桥的河岸
一天天地见老了

没有一个亲人
可以和他打哑语
关照他家里家外农闲农忙
只有一群孩子哄笑着
跟在他身后
摹着两根长辫子羞他
羞得他连连摇着头走了

村里人都知道他心地善良
除了缺工活
却从不想起他
在一个大年除夕的晚上
他忽然失踪了

第二天，人们便增加了几声叹惋

没有了哑巴
村里人依旧过活着
断了桥的河岸有一株榕树
代替他
生长在
渐渐老去的黄昏里

痛苦阿哥

痛苦阿哥一辈子没有娶妻子
他的妻子就是那条跟他形影不离的狗
那条狗其实也不是他的妻子
它是雄性的跟他自己同一个性别
只是在他洒泪的时候同情地叫唤几声
于是他便把它视同自己的妻子了
傍晚寂寞的时候带它到山原上走走
做一次人与兽之间的无声的感情交流
偶尔也带回一两只野兔子
这样他俩这几天便无饥饿之忧了
有时也有女人从他的门前走过
它便嫉妒得恨不得把投进门槛里的
目光狠命地撕咬
痛苦阿哥每天就这样浑浑噩噩的
比公狗还不如
他的门前从此便断了女人的足迹
只有一只狗来来去去像总在寻找着什么
也许只是异性的气味可谁也没有
得到证实

第三辑

道路已被荒草淹没

阳　　台

这是一方阳台
目光从这里聚合
而后又飞走
清晨很洁净
花盆蹲在那里
想表达却没有言语
对面窗户敞开着
一个孩子出出进进
最底层小贩嚷声吆喝
贩卖一只只橘黄色的面孔
一张古旧藤椅空放着
或许有人坐过
刚带走体温不久

别

挥一挥手
你坐着车一阵风走了
走了就不再回来
空出的位置
被空气慢慢弥合
弥合成一块云朵

往昔的一切
成为尘埃　成为烟
成为闪眼而过的树木
成为笛音
自不知名的高处飘落
成为一幅风景

陌生的天空下
你会找到会唱歌的栀子花
编一个太阳
编无数道光线
照亮自己　也照亮世界

夜 归 人

你在你的门口徘徊
你出门时忘了把钥匙带上
雪片在屋顶闪光
桦树枝从背后伸过来，想钓起
你一丝表情

你走了很远的路
钥匙可能放在抽屉里或茶缸下
抽屉总是没有把手的
没有把手的抽屉很管用，像一个陶罐
使人想起史前期

钥孔向你凝视
如一只对着陌生人不会吠叫的狗
你也成了陌生人
尽管把脚迹拖来拖去，就那么一丁点
而且有点锯齿形的小东西
可能会封闭你整整一生

习　惯

已经习惯于在黑夜里走这么长的路
已经习惯于让雨伞把眉头压得低低
已经习惯于把喘息蜷于肚子里
已经习惯于让眼睛像水晶灯一样失眠

已经习惯于把日子摞成一大沓笔记
已经习惯于在书本上注上一行一行的眉批
已经习惯于把报纸糊成一座小阁楼
已经习惯于在小阁楼里数着晴晦的天气

已经习惯于人们所不习惯的一切
已经习惯于影子一般行走着自己

去太姥山看雪

一

想去太姥山看雪。不知看雪的位置，是否已被别人占据
一场一场的风，掀动着岩石，在夜里，不知
是否已挪动了几厘米？一直敲着木鱼的还是那个老僧吗
他口中念念有词的
祈祷，为何像一场雪，在我的眼前
飘下来，飘下来。是的，我会持着一枝
花朵上山，在肃杀的天气里，给这座山带来盎然的气息
请你在山上等我，手捧一册
贝叶经，把前尘往事都夹进书签里，然后
看着雪，静静地落下来

二

太姥山的雪，除了自身，没有太多的指陈意义
缭绕的诵经声
只不过有时，迟缓了一两秒雪的脚步
雪落下来时，就会在马尾松和白毫银针上，铺展开一片
　天光
不知不觉间，融入我们的身体
那么雪，就会在体内沸腾，有时欲冲出喉咙

有时会让我们的眼睛，入木三分；有时
则消解了我们的全部欲望。雪，落到地下时，就会变成
　一粒种子
破土的声音，会让天地为之动容

三

那么，就让雪垒成一座山的形状，我们在洞穴里穿行
心底无比透明——我们不用思量，通过
微分方程或几何定理，去推导雪的
秘密，甚至化验雪的成分。从天空下来时
雪已经守口如瓶，除了
化解和消融。也许，只有等到几千年后，我们才会
看见：每一粒雪里，都载满了
我们——悱恻的寓言

读　　碑

不知起自何年何月
镌刻的手已经腐烂
空留下一些文字
在时光里明灭
给后人临风怀想
石头载不动记忆
唯有一腔心愿
被蚂蚁爬满

占　　领

所为何事？他们先是用长矛，后是
用枪炮，在这块土地上
展开了激烈的厮杀。他们以为
会占领这块土地。你看见了吧？阳光下
除了重新长出的一些茅草，就是偶尔
翻出地面的，他们的几截骨头

植 物 们

只要给一管小小的土壤，微微的一点水分
植物们就可以生长

从底下看上去，植物们生长的势头
几乎可以与天平齐，或者几乎就要顶到天了

但它们不骄傲，风一来，它们就向
各个方向鞠躬，以显示自己的卑微

寒风中，人们裹紧厚实的衣裳，它们
却在寒风中拔节，有的甚至抽出花蕾来

即使枯死了，根仍在地底下爬
以期爬出另一根枝条来

谁说植物们没有思想，它们留给
我们的，是平凡而深邃的哲思

敲 钟 人

绳索松弛了下来，夜的庭院变得
十分寂静
敲钟人，裹着浑身的钟声
隐遁而去

被召集起来的孩子们，抬头望着
深邃的天空
那里，一只银色的虫子
在井口之间
出没

很久以后，一个人来到庭院，他翻看着
曾经的天空
并把绳子紧紧地
攥在了手里，他相信，随着钟声的敲响
一些事物又会翩翩飞舞着
回到他的面前

城市的孩子

城市的孩子涉过河流到村庄去
村庄里有一只鸟在笼子里等他
鸟的叫声不像困扰他的数学题
使他感到清幽
虽然没有电视机，他觉得
村庄就是一面屏幕
他的眼睛里映出草地、池塘和刈草的孩子
而榕树在月光下说故事
直把夜晚说得连连呵欠
城市的孩子忘记了家里的一方阳台
和阳台上的一只矮凳子
直到有一天远方一辆车驶来
城市的孩子成了囚徒
无可奈何地溯着河流归去

村　　庄

在山的褶皱中，遍布着一个个的村庄
它们点缀了这个寂寞的星球
我的村庄，是其中的一个
它的先民，从中原而来，先是落脚于
叫作周宁的一个山区县
后到一个叫作甘棠的海边围垦
聚族而居，为了抵御倭寇，建起了
城堡，于乾隆年间
又到一个叫作磻溪的地方定居下来
起土盖屋，繁衍生息，形成了
两千八百多人的村庄。从远处看，虽然不起眼
但也是这个星球无数村庄的一员
坐落于山的褶皱中
平凡而自足

在 冬 天

与动物相比，人类真的是幸福得多
大雪来临，人类只需躲进屋子里
把门窗关紧，燃起火炉
或电暖器；而动物，则不得不在
冰天雪地中，紧缩起身子
一团雪飘下来，抖了抖，又一团雪
飘下来，又抖了抖，寒气通过毛发直达全身
而牦牛，则是其中最艰难者，它们
不得不掀开冰层，去寻找
可供充饥的草根
当我们日子艰难时，请想想动物吧
在冬天，它们甚至卸下自己的毛皮
焐暖了我们

等　待

退下来以后，他闲着没事，每天晚上
就等着听，中跟鞋踏在
楼梯上的声音，这声音，有时九点半传来
有时十点半传来，有时十一点半传来
也有时十二点半传来
这是他女儿，下班的声音。他女儿在银行工作
忙，夜里加班是常事
更多的迟归是因为接待，她不敢走开
然后，接着听到的是
敲门的声音，缓缓地，有节奏的声音
这时，他就等在门口，等着
那一声声音，然后，房间就敞亮起来，像
点上了一只 400W 的光
寂静的空气，也突然沸腾起来

母　亲

弟弟打电话来，说母亲昨天一天都不吃饭
躺在床上
可能是周围的人的去世受了刺激
老章的阿姨走了，后面的胖阿姨也走了
霞浦的老林的阿姨也走了
老章的阿姨原来身体很好，前十几天
跌了一跤，起不来，就走了
这几个跟她都同一年纪，她越想越郁闷
可能得了抑郁症
加上高血压，最高达到 170 mmHg，头疼
有空多给她打打电话
我电话打过去，才晚上八点半，阿姨说她睡了
第二天早上，她打电话来，头脑还清楚
说前两天又跌了一跤，经常跌倒
我想什么时候回去看看她
好久没回去了，说说
安慰话吧

前　额

黑暗来临的时候，公园里
是朦朦胧胧的
我所说的公园，是小区里的
一个小花园，有一条路
形成一个闭环，引诱着人们
在它上面绕步
几个女人，和几个男人，我跟在后面
亦步亦趋。他们有的
戴着口罩，有的没戴
天上云朵甚厚，山顶上的电视塔
也不见发光，与
往常一样，白云仍挂在山腰间
有几个人超越我往前
蹿去，黑暗中，我只看见他们的
前额，一闪一闪

看 日 出

裹着猎猎的寒风，我们到花竹海
看日出
伸手不见五指，连对面人的脸形
也看不清楚，只见天上
北斗横亘于天空
发生缓缓的旋移。等了好一会儿
天空终于露出了鱼肚白，几条狗在
脚下窜来窜去
鱼肚白渐渐扩散，天空终于射出了
几抹光线，直射长穹
似乎预示着有什么重大事件发生
光线渐次扩大，扩展为浑圆的一团
终于，一轮红日在山垭口
缓缓地露着脸，然后，只一会儿
就整个跳了出来，花竹海下的岛屿
沐浴着这霞光，仿佛在跳荡
——人们一阵欢呼，连狗的身上也
沐浴上了金光，显得
神采奕奕

在一间草屋里喝茶

这分明是一座空山，因了
这一间草屋
而有了实在的意义
郑先生，霞浦县的一名摄影家
霞浦的滩涂因他的摄影
而出了名，每年引来
四百五十万的游客。而他，就居住于这间
草屋里，因为有过装修
而觉得清爽。在他的叙述中，我看见
通往城里的小路上
走着瘦骨嶙峋的他。自来水管
因压力而爆裂，不得不用起镀锌管
入夜，城里所有的灯光
挤入他的眼帘，那么绚烂
我始信，空山不空，在一杯茶里
有着几十年的老味道

一群鱼推动着河流向前

一群鱼推动着河流向前
鱼的速度，就是
河流行进的速度。当我从水草中
钓出一条鱼时，河流却不会因此而停止
行进的脚步。遇到悬崖时
鱼群先把自己推下去，然后是河流
哗哗哗地跌落。鱼群不喊疼
喊疼的是河流。在深潭里，鱼群
把自己潜入水底，而让河流在表面上
做着旋转的功夫。人们只以为：推动河流的
是船，而不知道鱼群在下面
一步一步地，推动着河流向前

花　　期

花朵上挂着一滴露珠，露珠里
住着一片天空
一只鸟穿越天空而来，歇脚于
阔叶树上，它的叫声
使黎明早早地到来

在薄雾里挥着手的人，把自己的身体
运热，同时也运热了
天空。天空下，山樱花开了，桃花开了
梨花开了，梧桐花
正准备盛开

运动着这一切的人，正准备一只按钮
他的手在按钮上
而在几千公里之外，听说河水
正在破冰

一方城池

山，就在脚下，随着脚步的
抬起，而一步步下沉
直到踏上了山的顶端，山，就全部
沉到了脚底下

仅有山顶上的一坨岩石，高于脚面
他顺势坐在岩石上
看着城池，像一块沙盘般展开
一水从正北奔流而来

像一根玉带绕着城池，又
向南奔去，他记得城中有一方莲池
此刻被填埋已有四十多年了
再也见不到荷花荡漾的影子

不过，城南一角的一方砖塔
仍挺立着，据说是宋代文物
此刻也在他的脚下
被绿水环绕，显示着城池的古远

一个土堆

田野都荒芜了，就剩下一个土堆
在那儿，土堆上一间房屋
石棉瓦的屋顶

一个人在那里生活，来来去去
看不清他的面目
我几次来，都没有见到他

周围的高楼都起来了，就剩下这一片
土堆，一个人在那里生活
谁也不知道他是谁

后来，连这一片土堆也被清除了
那个人也不知道去了哪里
就剩下几株芭蕉在那里，晃

关 于 黑

周围的黑是一点一点染上来的
不一会儿
所有的楼房都陷入黑里
我用客厅的灯光逼退了黑
对我的围困

经过了几天的雨
天似乎更干净了，但黑
也似乎更猖獗了，不到五点
它就把所有的事物
都染上了颜色
堕落在黑里，那些白天清晰的事物
都已变得模糊不清了

好在黑毕竟是暂时的
它只是一个过程
十二个小时之后，灿烂的阳光又会回来
沐浴在金光里
我们这些从黑里走过来的人
会懂得如何更加珍惜
生命的意义

替　　身

云彩间飞翔的翅膀收敛了下来，这时候，只在被子里
蠕动。多少青春的梦想，遭遇
一场场的风雨，而变小，而变软，而钙化
只在被子里，偷取一点
脂粉，和菊花的香。让一只风筝代替自己
冲上天，三千米以上，看
下面的人流，渺小如蚁，却穿梭不停

透过雾霭

透过雾霭，看大地上已是空空荡荡
那些成熟的，已被
收入囊中；那些卑微的
已经深藏入地底。只剩下石子和我，在地面上
滚动：有时石子滚我
有时我滚石子。在不停的滚动中
我们渐渐变小，而天空因为庞大，而显得
越发的空

闲暇时分

闲暇时分，到附近的山上走走
走走，未尝不是一件惬意的事

风从树林间吹来，有丝丝的凉意
立秋才过去三五天，秋的味道已感觉到了

落日衔在山垭间欲下未下，被
浓浓的云层包围，看不清真面目

不过，一些金光还是泄露了出来，透过云层
把西边点得，明亮一片

透过树枝，我在寻找脚下的城池
城池中那一个我蜗居的家

显然，家在城池中已缩得无比的小
比一只蜜蜂的巢穴还小

纵横一千年，城池经过了多少过客
而我，不过是其中小小的一员

正如无数的落日，今日的不过是其中
的一轮，这样想时，自己似乎也明亮了起来

带着这样明亮的心情，我终于又在城池中
找到了自己的巢穴

一切如常。空调仍在悠然地转着
转着自己的四季

秋　雨

一场秋雨一场凉。下午上班时
突然下起了大雨
柱状闪电在前方一闪一闪
雨刮器，拼命地刮，把天空
一会儿推向左边，一会儿
推向右边。一路上，许多车同我
同向而行，尽管它们的目的地
与我不一样。我感受到了天空的阴暗
闪电的残忍，和
人世间的拥挤，同时也感受到了
秋雨的清凉

在集美，遇见一座山

集美没有高山。但在我的心目中
却有一座
很高很高的山，百年来
没有人攀上去过，仰之弥高——
这座山，就叫作陈嘉庚

在集美，到处留有陈嘉庚的痕迹
哪怕龙舟池里
飞溅出的浪花，也刻着三个字：陈嘉庚

到过一次集美，我就被这座山罩住了
我想我的后半生
只能永远在，他的影子里行走
并随时仰望
那耸入云霄的，峰巅

丰　收

布满了屋檐的雨滴，也布满了天空
这是三月
蒙蒙的雨蒙住了山峦，也蒙住了秧田

秧田里，一群农人，把脸丢到田水里
随着秧苗的移动而移动
一会儿完整，一会儿破碎，随着一声声鹧鸪的啼叫

而后就是期待。在期待里，他们来回
在田埂上巡视
一会儿拔拔稗草，一会儿松松泥土

当黄金期到来，他们是一脸雀跃
这时雨停了
田野上，晒场里，到处布满谷粒的香

春天正在姹紫嫣红

到处是花
这也许是春天的主要的表现形式

同学微信中挂出的花
有的叫紫荆，有的叫羊蹄甲，有的叫不出名字

我所住的小区，前一阵开过了
两树桃花，这一阵一丛杜鹃花正在盛开

去给父亲祭墓的路上，桃花已谢了
但柚子花正在盛开

公路旁，三角梅正开得很繁盛
似乎汽车的尾气对她没有一点影响

——春天正在姹紫嫣红。忙坏的是
看花的眼，以及看花的人

残　年

想来，母亲的这一生也是不易的

父亲长期在外地的公社工作，两三个月
才回家一次，五个孩子全靠母亲抚养长大

父亲每月工资 60.5 元，但每月仅寄一半钱
回家，偶尔买点咸鱼等还要扣回

母亲只得自己砍柴、种菜、养猪
增加点收入，虽然身体瘦小

我和姐姐长大后，也加入了砍柴、种菜、割猪草
的行列，母亲才减轻了些负担

姐姐初中毕业后，就去做民办教师
也是为了家里减轻负担

那时候，曾祖母还在，隔月在家吃一轮
这时候，母亲就会叫我们去排队买二角钱的猪肉

细细加工成肉糜，炖好了给曾祖母吃

每当我们想吃时，母亲的筷子就打了过来

后来父亲病了，母亲就随父亲
辗转各地求医

记得在省城血透的情景，母亲
就搀扶着父亲一天两次挤公交车上上下下

父亲逝世后，母亲就单独一人
在偌大的房子里，数着光线，度着晚年

近来身体不好，手脚乏力
楼梯也只能靠保姆搀扶着上上下下

我们远在外地，回家也少，靠妹妹
就近在家照顾着她

八十三岁了，已是风烛残年，但愿能
多活些日子，看看这世界的变化

其中的一个

满天的星空中有那么多的星星
而地球只是其中的一个

满地球上有那么多的城市
而你居住的城市只是其中的一个

满城市中有那么多的小区
而你生活的小区只是其中的一个

满小区中有那么多的人
而走动的你只是其中的一个

但你一旦闭上眼睛，小区、城市、地球
那么多的人，全部消失

只剩下你自己，连同一颗怦怦跳动的心

虚　幻

在黄龙的水池边，我曾和一位姑娘站在了

相机里，我还差点将手

搭在她的肩背上，我以为她是真实的

——确实，她告诉我

她来自海南岛——而今，我觉得她是虚幻的

当我抚摩着她的脸庞而不知她

消失于何处；也许她觉得我也是虚幻的

当她抚摩着身边的一粒空气，而忆起一池亮晶晶的水

重回村庄

街巷已经荒芜，不，比过去更荒芜了
我所走过的鹅卵石路
不知还有多少人走过？鹅卵石比过去
黯淡了许多，缝隙间的草也比过去长高了许多

那些人的名字我已记不得了；我不知道他们
活着或已死去
我只记得一捆稻草被他们挑回的时候
我心里一再地感谢，并且说，无论走到哪里都会记着
　他们

但我总是食言。一再地食言。食言让我住过的房舍
一片荒芜；小学校的操场
不再铺展为晒谷场；一口井虽然保持
原先的模样，里面涌出的，却是经过层层腐叶过滤的
　生命的苦水

我想敲开一扇门，欲行又止。我不知道里面
现出的是一张清纯的脸，还是累累刀痕

扇　　动

一只蚊子在亭子边扇着翅膀

先是把远山

扇入远空；后是把一座城池

扇出万盏灯火。当它想把我扇入溪涧时

我已沿着山路

滑下山坡。我不知道它会不会把那间亭子

扇入夜的深处，当它

无处可扇时

纸上江山

铺开一张纸，在玲珑的阳光下。远处的山峰
倒映于其中
卷起来，就是一轴画
延展开来，就是一湖粼粼的水波
点染几只船，于其中，就是一封
向明天，发出的邀请函。人间宜于舒卷，宜于
铺张，宜于像鸥鸟的伶爪：
这里一个水洼，那里一个水洼

倾　　空

整个天空空出来的时刻，我也在
倾空自己

那么多的喇叭声，怎么只需片刻
就完全安静下来

天空空出来以后，就留给几颗星星
在寂寞地闪烁

而我空出来以后，还有一滴墨水
滴到了我的心里

那几只蝙蝠，在我与星星之间
来往穿梭，它们偷送的密码

至今还没有人，得以解读

溪　　流

从西边一路奔来，至村边跌落
几个深潭，然后
转个弯，向东南方奔去
深潭有的清浅，只两三米
清澈见底，成为小孩嬉戏游泳的
好去处，有的
深不见底，水面青幽幽的，只有
水性很好的人，才敢
一试身手，传说一个中学生
来此做客，下去了就没有回来
溪流暴怒时很可怕
那是洪水来临时刻，清澈的水
变得浑黄，一路咆哮着
向下游裹挟而去
小木桥往往在此时断裂
哑巴的兄弟，为了救桥，也在此
献出了生命
后来，有了石拱桥，洪水仍不断地
向桥面发出挑衅
我家的房屋临水，靠房屋上面一块
弥勒佛一样的石头

才无数次地化险为夷
平常时日，小溪就静静地流
溪里的鱼儿，也在静静地游
我们偶尔用钓竿
钓出几只上来，回到家用酸菜
和水煮。绝对的好味道
斜阳下，耕作回来的老牛，也
躲在水潭里，用尾巴
拂着水，往身上拍打
以驱赶蚊蝇
那时候，山冈上，两株几百年的
老松树还在，月光
透过松枝，洒在溪水上
粼粼发光，萤火虫，提着灯笼
在两岸逡巡，溪边
雨亭廊内，人们挥着扇子，在
有一句没一句地闲聊
自然，现在，这些人们，许多
已经逝去了，而溪流
仍在日夜不息地流

云　　灯

房子没有盖完，他已经走了
不是去寻找爱人，也不是
去寻找佛陀，甚至他没有告诉人们
去了哪里；在青山之间，只见他
留下的房子，张着嘴：一些云进去
一些云出来。有人说，看见他跟着一炷烟
到了云朵之上，但没有人证实。从前
随着他敲木鱼的人，已把木鱼声
零散，带回木屋，或街巷里，而把
曾经的香灰涂于额头上，等待着
什么结果

道路已被荒草淹没

夜夜，墙外响起奔跑声

她们在跑

她们，被一阵粗嘎的声音所追赶，她们在奔跑

但她们并不惊慌，反而放出欢笑声

——我甚至能分辨出她们是谁

但如今我回到村里

墙外的道路已被荒草淹没

她们去了哪里？是否还在人世？

——没有一点消息

想起人世的荒诞，我不禁潸然泪下

公　墓

再见到你，是在一处坟茔里
你在坟的东侧，我在坟的西侧，但
不是一座坟墓里。我想到你那里走走
顺便问一问，当年我们怎么会
忽然走失？但我敛了敛身子，却怎么也
敛不起来，叹了口气，我只好又瘫了下来
我看着你的门口，有一朵花，开得十分腼红，像当年
我们的微笑。我想把她摘下来，放在
我的枕边，但，你知道，即使隔着
五六米的距离，我已是无能为力；看着她
开了又谢了，被一只蜜蜂，把她的香衔来
衔去，我还是无能为力。我只好通过
一绺树根，把我的温暖与你的
温暖连在一起，假如我这里零上 20℃，不许你
那里零下 15℃

我会从你的窗前经过

十年后，我会从你的窗前经过
认不认得我无所谓
但你必须从窗台上起身看我一眼

看我一眼时光就会倒流，倒流到
十年前，我在写诗时，你正在
荧屏前忙碌，忙着把一首诗点成“欢喜”

同时用你的笑靥点燃了暮色，所到之处
到处是灯火晃晃
一颗心与一颗心的距离有时比灯火更近

从你的窗前经过后，我就不再回来
你忘记也罢想念也罢
我就会如一粒石头沉入黑暗中任你无从搜索

看　　见

远远地，他看见在山的沟壑里，躺着一个
黑瓦黄墙的村庄
高低错落的房屋，布在山脊上
白云像炊烟一样，在村庄的上空缭绕

其实，他没有看见赶着耕牛，在路上踯躅的人
那么远，他的视力不够
也许真的没有那样的人了，那只是
二十世纪后半叶，他的回忆

房屋的檐角，一致地朝向天空，像
弯弯的牛角，天空有什么呢？除了一向的蔚蓝
他还看见，一条黄黄的山路向天空伸去
至于路上，是否走着一群爬向天空的人，他也没看见

但见满山的树木，向村庄蜂拥
停不下来，除了杉树、松树，还有槭树
一道白白的溪水，也向村庄蜂拥
尽管它处于村庄的低处，但它向上努力的样子，令人
　莞尔

第四辑

杜鹃花定会如期盛开

住在鱼缸里的鱼

住在鱼缸里的鱼，不知道先前
是否有鱼住过
她们是否跳出了鱼缸，消失于何处
住在鱼缸里的鱼，只知道在
光中游弋，白天是太阳的光
晚上是荧光灯的光
甚至让人以为，她们就是吃着光
成长的
住在鱼缸里的鱼，人们不知道，是否
有睡觉，她们睡觉时是否
一个身体压在另一个身体上面，或
飘在半空中，像我们一个月前
刚刚放出的灯笼

我的登山路

好久没有登山了。从一条窄窄的石路
爬上去，越接近美女山
我越有点惘然。凸出的胸部
缀着几朵梧桐花，白色的，并不予人
想入非非的味道。可为何
我越挨近这四面皆空的
亭子，心跳就有点加速，浑身就
燥热得，想搂住一身腰肢，以免让
自己瘫倒？没抓住美女的眼波
我只好把自己的渴望抬高，一步步地
随着蜜蜂的翅膀，在一道
小桥流水前停下来。不要告诉我
曾有人扶着藜杖，从这里走过，隐没
白云间。那是许多年前的一个
道士，或是许多年后的
我。听听这水声，从时光的深处流出
并不带来一丝水草，也不带走
一尾红鳍鱼，在寺庙香火的
熏陶下，愈发澄清。古人命名这里为
“小龙湫”，可是，我的心
并没有，在这龙潭中打过滚。坐在亭子里

看云来雾往，感觉自己也是
一名谪仙。多少山花，因我的眼睛
而烂漫？多少鸟鸣，因我的诗句
而动听？坐下去罢，我就在这里，坐成
一尊菩萨，在拈花微笑中，你们读我
我读远处，渐渐淡下去的——光

蔓　延

这些日子，我更关心一颗导弹
落向哪里？而不是一个
语词。它绝不像我的语词一般
无论落向哪里，都
默然无声；而是会卷起一片尘土
乃至一阵血雾，血雾里的头颅
脚趾和手，找不回原来的
名字。无人机统治的时代
已经开始
其实，我更关心的，是撒拉哈沙漠
会不会扩大，什么时候扩大，以
何种速率扩大；当一个个城市被毁灭成
无人区之后，过多少日子，沙漠就会
蔓延到我的身体的边缘？

鱼　　影

水里只剩下一条小小的鱼，在微光中
慢慢地翕动，我相信
还有第二条。但我没有看见第二条
它不是从柳宗元的笔下游来的
那么长的距离
它没办法跋涉。它孤独而自如
使一条溪涧，有了生动的意义；使一座空山
也显得，不再是空山

行走于黑白之间

在白天与黑夜之间，肯定有一条
裂缝
行走于其间，我感觉自己
半身黑
半身白
黑的部分是我的本体
而白的部分，是我与社会
周旋的牌
我用白养我的黑，黑是我的
诗，我的道，我的梦境
而白，是我的稻田
你不要在白中找我，你见到的
将是另一个名字的人
我的气息全藏在黑里，就如
衣裳下面的白皙部分
你见不到，但它支撑着我
全部生命的行走

春 天 里

他们是一个人。他们在
地下道里弹奏着自己的身体。他们从身体上
弹出一根弦来
弦上蛰伏着他们的春天，春天里
弦在地下的空气里颤抖
他们不知道
这颤抖会连着无垠的空间
他们让凛冽的风
从身体内穿过，那是号称“北风” 的东西
它肆虐，它霸道。 它放大或缩小着一张张的面容
他们努力
把自己弹奏成一件谐振器
春天里。他们是一个人，有时分蘖为两个

花　　事

龟背竹弯曲在左边，悬铃木在
右边。铁栏杆
悬垂下的吊兰，或称吊莲，悬垂于
日复一日清冷的空气中。像红楼梦的故事
一般，紫玫瑰仿佛要
掉下漆片来，露出旧日子的
真相。——无处逃逸。只有一朵水仙花
仍瑟缩在花蕾里，它要等待，被
隆重欣赏的时刻

电线上的小东西

这么早就归来，趴在三根电线上，像一个
我们熟悉的逗号。我只来得及看清
它脸部的一圈白，还来不及看清它从远处
运来的一汪潮水，如何
在它的眼球
深处，平和地荡漾。就在我拉开玻璃窗
的一刻，它向另一个屋顶飞去，我看见——
我所处的时间，也在它的翅膀上
细雨淅沥

秋 分 谣

已经过了秋分。白天从十二个小时缩短到了
十一个小时。田野上的稻菽也
回到了仓房，它们又完成了从一粒
分蘖为数千粒的使命，经过了
两个季节的光的暴晒（今后的田野
将不再长出稻菽，而只长出楼房）
我的白发，也从一根分蘖为两根
风，仍在一个劲儿地吹，从田野到
楼房间，到我的书桌底下，似要把
一个个人，从尘世上吹走
我吹着口哨，从楼房里出来，我为
这样的日子，而惬意着

置身高处

到了五十六层楼，他往下看了一眼
他怎么也不相信
那条在他面前阔大无比的马路，竟然变得
无比杳小，如一根线
蠕动于线上的人，渺小如蚁
其中也有他的父母。他又抬头往上
看了一眼，天空已经低矮了许多
那一轮喷薄而出的朝阳，就在他的脚下
浑圆如光饼
一种置身高处的感觉，使他有了
藐视一切的意味

布谷，布谷

雨，淋淋地下着。这是三月。田野的
反光，映在农夫的脸上
农夫的脸在田野里荡漾。一束秧插下去
脸动了动；又一束秧插下去，脸
又动了动。而后恢复平静。什么鸟在远处
欢呼：布谷，布谷。直到稻菽
从脸上长出来，摇曳着芬芳，农夫才将脸
从田野里收回，并且挂上
幸福的微笑

杜鹃花定会如期盛开

这时候，山间的竹笋正在拔节，在土里
杜鹃的花蕾正
瑟缩于枝条内，桐花还没有一点要绽放的消息

山间是阒寂的。但预期已经展开——
杜鹃花将会如往年一样
大范围大范围地盛开；跳跃于枝头的那一只
叫作杜鹃的鸟，正盼望着她的同名姐妹的到来

这时候，我是坐立不安的。我的等待显得
焦渴。花的香气已经充溢于
我的体内。如一个概念，一个口号
我的杜鹃花定会如时盛开，桐花将会接踵而来

新的一天

经过一个晚上，她终于打了电话过来
问早饭煮了没，她还要在
新家，等着送货的人送来餐桌
昨夜两点搬家，挑着一担火盆，一担
清水，手持着算盘、粽子、秤、红布袋
等等东西，从旧家到新家
在小区门口碰上许多搬家的人，车
停满了人行道，好在小区门卫
乖乖地开了门，我说了声谢谢
按指纹进了新家，准备在那里的外甥媳妇
炒起了爆米花，煮起了
汤圆，把一切安置好后，我们就吃起了
汤圆，然后，她就留在了那里
看守着一盆炉火，在这个寒冷的冬夜
不知她昨晚有没有睡，但
听到了她的电话声，我猛然从梦中惊醒
才知道世界，已经翻过了
新的一天

多么阒寂

整个宇宙唯一在动的是
一只眼睛
眼睛里的一株草，草尖上的一粒露珠

一粒露珠，多么渺小！但正因为她
衬托得
宇宙多么广大，多么阒寂

以至于整个宇宙唯一在动的是
一只眼睛
眼睛看穿了人的内心，但看不穿宇宙的广漠

转动起来！宇宙在一只眼睛里
恢复了
万花筒般的本质

独　坐

如你，坐在阳台上，感觉黑暗
从山头上
一点一点地下来，先是染黑了草坪上的
树冠，接着是
草坪边高耸的屋顶，接着是
从眼前掠过的
燕子的翅膀。一盏灯亮起来
一万盏灯亮起来
你独坐于灯光之中，仿佛那些
在黑暗中奔驰的事物
皆与你无关，你心静如水
独独拥有一盏灯光
和被灯光照亮的，一小片世界

纸上桃花

让她衰败吧，坚守是无益的，我只把一瓣桃花
开在纸上
她会记住我给她浇水
然后在天光里，舒展开她的叶子，粉色的
与原野上的那一片无异
她开放的过程
也会溢出满室的香，像熏遍原野一样
熏遍我的卧室
只是有蜜蜂飞临时，就会
黏到她的叶子上，久久不去
成了她的点缀

他只能点亮自己

他点燃了香烟，把黑暗一口一口地
吸入肺部——也许经过
一个夜晚的床榻，他会辗转出
一轮朝阳来。但此刻，他只能吸入黑暗
呼出黑暗——不断制造黑暗
在一棵棕榈树下，他的烟头一闪一闪
几乎与一只狗吐出的舌头
无异。除了偶尔点亮自己，他只能点亮
唇部周围，一立方厘米
的空间

霸王别姬

至于骨子里的水，是怎样滴到
地上
没有人知道
甚至一支箭镞的闪光
是怎样
穿过浓雾，也无人知晓
但一片芦苇倒了下来，勾勒出
身体的形状
此后，江山，明月，美人
皆与他无关
与他有关的风，在头盔内
嘶鸣不已

用鸽子的眼睛观察世界

用一只鸽子的眼睛观察世界
是可怕的
刀光剑影中，流出来的
与它身上的颜色
形成鲜明的对比，几乎与它
眼圈的颜色相似
当它飞起来时，它已比那些两只脚
在地面上行走的，高出了
不止十五层楼的境界；而当它
飞落地面，它不仅是
为着啄食稻米，而是想看看
那些行走的，是否已长出了翅膀
什么时候能达到
它已达到的高度

供　奉

他走进寺庙。灯光黯淡。痴痴地
凝视着佛像的脸，他用一蓬草把自己的心
绾紧，并绾紧滴下的一滴血。几缕香，从里面
吹过他的肩头，晃了晃，他
一个趔趄，差一点扑倒

也是一只鸣蝉

有时候，真想让自己变成一只鸣蝉
躲在浓荫里，借着夕阳
送过来的一丝光，把自己体内的郁气
一声一声地喊出来

也许没有观众。自己心仪的
偶像，远在另一根枝头上
中间隔着，丛丛的荆棘和芦苇，也要把自己的郁气
一声一声地喊出来

直到变成一个空壳。告别了来年
满山遍野的姹紫嫣红，藏在一个
直立行走的身体内，透过胸腔，也要把自己的郁气
一声一声地喊出来

虾　　米

一只虾米在大海里悠游着
它知道大海的大
和自身的小，但它毫不畏惧
它随波浪的起伏而起伏
即使是海上刮起了台风
它仍毫不慌张，在大鱼面前
它小心地避过
不与它们争短长，它担心的
只是那张小小的网，紧密至
无缝可逃的网眼，可能是它
致命的宿营地，但它仍
悠游着，视大它亿万倍的大海
如无物

听　　蝉

我来了，还是你来了？——“瞿瞿，瞿瞿，
瞿瞿。”我们在声音里相遇，在
青草的上方，在杉树林里，在
一座坟墓的上空。我看不清
你的身姿，你却透过疏枝，将我
观察得，一清二楚。——“瞿瞿，瞿瞿，
瞿瞿。”我是不是，还是去年的我？血液里的
蕨草，是不是有了枯萎的痕迹？而你的声音
还是去年一般葱茏。——“瞿瞿，瞿瞿，
瞿瞿。”也许，我得把你的声音
苞成一枚花蕾，带回卧室，直到天黑
它发出的光，仍熠熠地，照亮
我荫翳的眸子

风

风，这个孩子，从铺满绿草的床铺上
醒来的时候，常常会啼哭
啼哭的声音，有时大，有时小
就看你用哪一只耳朵去倾听
它不喜欢你把它抱在怀里，一霎儿
就会挣脱而去，挣脱而去的时候，不留下
纸条或短信，那你就得满山遍野，或到树林间
去寻找，这时你往往发现，它就在山冈上
吹着口哨，一副悠然的样子
风醒的时刻，往往不是在清晨，而是在傍晚
或深夜，这时候你听见的，有时是哗哗的欢笑
有时是唐诗式的长吟，更多的时候，是李逵式的
怒目圆睁，似乎谁吃了它的老娘
给你的感觉只有一个字：黑
风消逝的时候，你就得挂失
因为你不知道它躺到哪里，是不是土层底下
会不会回来，是不是也留下一把苍黄的骨头
可有时你转过墙角，它会大喝一声，突然跳出来
让你撞个满怀。我有时也羡慕风
它可以自由地来去，特别是进出国境
不用安检，不用签证，想进就进

想出就出，似乎签订了申根协议
当然啊，它进来的时候，你就无从知道它来自哪里
因为它没有身份证或介绍信，哪怕一张路条
哨兵闪亮的刺刀对它也无可奈何
我常常迷惑不解的是，风过去之后
留下的到底是满园的累累果实
还是海湾里皱起的波涛

鸟的命运

我在清晨的曦光里
保持着翅膀上的苇露
丢落的羽毛
不挂一丝声音，以免打扰酣沉的万物的休眠
我在蓊郁的丛林中
飞来飞去，不是为了排遣寂寞
而是寻找一点爱
那来自大地心中的通过阳光和空气
表达的爱，语音完全多余
此刻我钳制着自己的嘴
有时也从异性的腋窝里
淘取一点温暖
在被树叶完全遮蔽的空间
我并不啄食谷粒
虫子们的微量元素已使我毛羽葳蕤
血液按程序运行
我胸膛里的小小理想
是和荒地上的野果一起成熟
和微风一起衰老——
正当我梳理羽毛时，突然一粒声音
使我晕眩，沉沉的似向下坠落的梦境中
我瞥见一管枪口
以及一圈得意的仿佛人类的脸

旧　　物

旧抽屉里，只有
往昔的照片，电话号码，和一些废弃的诗稿
熟悉的声音已经飞走，或染上一些色斑
凝在脸上的微笑依然甜蜜，一尊塑像躺在那里
断了腿——让人想起青春时期的向往
可是一盒英语磁带，已好久没有打开
不知在哪一架
机器上，才能找回湮失已久
的音响

这一个夜晚

卸下理论的重轭，某校的夜晚
与别的空间，毫无二致
湖面上吸足了暑气的蜻蜓，在我们
不经意间切入草丛，寻找着
自己的宿处；而关于繁殖的任务，就交给
下一个日子。绕着湖，让鹅卵石磨我
左三圈，右三圈，尽量让两个月的日子
磨成蜻蜓的翅膀，沿着那条
弯曲的道路，款款地飞。在被树的阴影
笼罩之前，翻遍所有的毛孔，想抠出一些
铿锵的句子来——毕竟在看不见的深处
簇簇菊花正突破夜的呼吸

几只鞋子在门口

几只鞋子，安静地守在门口
等待出发，或归来
天复一天，月复一月，年复一年
不发出一声唏嘘；即使唏嘘也是
轻微的，有谁听见
它们心底的声音？它们心底的声音
已被大街上的喧嚣淹没。当你从中
抽身而去的时候，它即把你的
体味抱在怀中，在你的酣畅的鼾声
中，慢慢地，彻夜地悟，想悟出一点
哲学的味道来——终是不可能。脚下的
事物，终归还是属于脚下。它不可能有
高瞻远瞩的风景，以及其他。悟不透的气味
仍抱在怀中，像抱定自己的
命运。它的最大的奢望，是在登上高处之后
不会被摔入山涧，成为
不会呼吸的鱼。它只愿安静地守在门口
在惨白的灯光下，等待着出发
或归来，像低处的一切

金黄的稻束

金黄的稻束
在阳光镀亮的镰刀上
慢慢倾倒，与
天空，形成平行的姿势
曾经的不屈，自根部
汩汩溢出
往后的日子，交给机器
以及，反复的手
绝对的命运，料是与
下水道结缘。偶有几粒，被鸟衔起
撒回山坳，重新开始
拔节的过程，蓄积又一轮
金黄

飞翔的感觉

爬上屋顶，越过浑浊的河流
以及孤仃的岛
从阳光的间隙，渐渐
进入时间深处，感觉自己
已长出翅膀
左边扇雨，右边扇风
偶尔，缀几朵白云在空中
让人们仰望，以及冰山
不用谛听底下的声音
蓬勃的心脏旋切着空气，鼓舞着自己翔行
落回地面的时候，才看清
自己原只是一只
褪尽了羽毛的鸟

最后的相聚

我的肌肤一阵发麻：突然的一记撞击
从几十万公里之外
在我的心脏燃起烟雾，弥漫不去
从此我将不敢仰望夜空，我开始从诗词里
把那些美好的比喻一一删去
我的心开始产生窦性缺陷，以为存在一个
先天性凹洞——其实不然
我怀疑，我的心会爬上
许多的蚂蚁，当它们在地球无处可去
就会长出翅羽，就
通过几分钟的飞行，进入我的领地
安营扎寨，纷纷掠夺起
我的血液。毕竟我的荒漠的心，经历不起
高等生物的算计
且让我举起杯，邀一轮李白的影子，在酒中
这将是我们仨最后相聚的时刻

等　　你

在天空的出口，等你，从另一个世界
飞来，落地的声音，轻轻地
比一只蝴蝶的翅膀，轻，不擦疼
世事，只擦疼一丝风，款款地，你穿过
长长的隧道，把一张脸堆在门口的
时候，我知道，地球又经历了
一次：不流血的沧桑

小心的麻雀

麻雀不知道自己被命名为麻雀，它以为
人们称它玫瑰，有些麻点的
玫瑰；同样，它的叫唤声，以为
会被称作歌吟，却是“吵嚷”
它小小的心，以为也会被唤作灵魂，竟是
餐盘上的一粒香味四溢的菜肴！
当它们聚集在地上
叽叽喳喳地寻觅自己的食物时，却不知道：
有人已打开了枪眼
同对待自己的同类一样，一声
沉闷的声音，穿过云雾，使对方猝然扑倒
敛了敛翅膀，地面却干净得
没有一滴血

倒叙的光阴

行李箱拖过地板
暮色吱吱地叫唤。倒归的身影
隐入门廊，亮起一框灯火
夜，只在湖面徘徊
除了收集一些旧姓氏，它已
无事可为。忽然发现，有一圈树影
倒过来，溅起一团
涟漪，仿佛从地狱的深处，发
回来的一点慈悲

另一个宇宙

整个世界缩小于 11：30，慢慢转动

向着一个深渊，欲进又退

有一些脸庞飘起来，看不清的原野

脚不点地——仿佛于云朵之上

道路，溪流，老屋，曾祖母

褶裙子……沉沉的进不去的门槛

遥远的蟋蟀的叫声。一些词语

闪着光，火车票窗口……终于，黑幕

拉了下来，凝滞，均匀的

喘息

祠堂里，已空空荡荡

村庄被压缩在溪岸边，静寂地
仍有三三两两的人，进进出出，仿佛
观看陶罐的釉彩
老榕树弯着腰，在村口，感谢
天空的爱抚；榕树下的神龛
久已没有香火，被虔诚的目光点燃
该倒伏的皆已倒伏，该
倾圮的皆已倾圮。剩下的一两声鸟鸣
像祖先的亡魂，在树荫间
跳荡。从远去的车辙中
辨认曾经的姓氏，稻花香，以及房屋移动的
方向。在莫大的空虚中，除了牌匾
闲置的脚，祠堂里
已空空荡荡

阳台上的花草

阳台上的花草，我叫不出它们的名字
我知道，阳光比我更熟悉它们
熟悉它们的，还有那几只蜜蜂
或者来来去去的那只我没有看见过的小鸟
我上班时它肯定频频地光临，它们之间
说了些什么，我没有听懂。雨点
也常常垂临，那是上帝派来的
神秘使者，为着采集万物生长的信息
当我握着龙舌兰的脊背细细抚摸，我听见
她的底部在止不住地颤抖；对于海棠
我的手指就有些羞涩。暮色来临时，我会把
清水和灯光一起灌进陶盆
等待着翌日清晨它们的亲情话语

遛　　街

晚上出去遛街是常有的事。我不遛狗
我遛自己。常沿着宁川路
往南走，路上的人行道是宽敞的，铺上了
瓷砖，但令人讨厌的是
街边的店铺，也将小吃摊，摆到
人行道上。于是，我只得
在小吃摊和店铺的夹缝中行走
常看见，躲在帐篷里的人们
口衔肉块，在那里大放厥词。沿着人行道
我也看见一家店铺，水果摊
那里摆着柑橘、橙、猕猴桃，有时
有些葡萄，新鲜，价格不贵
有时我也带些回来。在水果摊旁
是一家花店，没看见多少人买花，但也
坚持了好几年。花店边，是一家房地产商
玻璃上贴着各楼房的信息，我
有时停下观察，二手房每平方米都已上两万元
再过去是一个空坪，有人在那里跳舞
但近来已停歇
这些人不知散落于何处
夜色苍茫，我在其中戚戚而行

仪　　式

清理了桌子上的果盘，把蜡烛
吹灭，把电池
从灯具的后面抠出来，把篮子
叠起来，把糖果
倒进塑料袋子里，只是甘蔗有点长
不好带，就让它
倚墙立着，经过了三天，搬家仪式
算是结束了，只是
蜡烛的烟气，还在新房子里
缭绕。原来，我一直担心
就怕蜡烛会“星星之火可以燎原”
引起不必要的灾变，现在
我的心终于放了下来。此刻，已是
午后四点，邮差正踩着
节奏，送物件到来
我们开着门，听到了
从楼板传来的脚步声

拆　　装

拆装阳台，是有危险性的，我一直
为他们担忧
临到这一天，却出奇地平静
师傅把小型起吊机，放到十楼上
从上面垂下一根吊钩
吊钩钩在玻璃捆绳上，徐徐起吊
下面的人用两根绳子拉着
以防碰撞。玻璃吊到十楼
阳台上的人用钩把玻璃钩进，我看到
阳台上的人是扎了防护绳的
吊铝合金框架依然如此。可惜
安装的过程我没有看见，一个午休时间
他们就安装完了框架，并
装上了一面玻璃，另一面玻璃他们用
吸膜吸紧玻璃，然后三人抬着
严丝合缝地扣到框架上，然后上钉，上
玻璃胶。一个复杂的过程
他们简简单单就完成了，我不禁惊叹
工人的伟大

外　　面

这时候，一场报告正在举行。有人
在主席台端坐，有人
在台下聚精会神，也有人正心生小差
不停地看看外面

而你在床上犹豫着，正为起不起床
而思想斗争，外面正
下着雨，春天的雨似有似无
地面一片潮湿

有邮差正从外面赶来，他的
高筒靴，黑而亮堂
他骑车的速度快过地球自转的速度
你听到了敲门声

持续而缓慢地进行着

桃　　花

我独自一人转向山间的时候
在墓地旁，我看见几树桃花开了

开得无比鲜艳，比
少女的脸颊有过之而无不及

我本想越过篱笆，到墓地旁
把几树桃花拍下来，但想想还是放弃了

我忌讳的是，这些墓地
与桃花有什么关系

我怕深夜里有电话进来，要求我
“把桃花的影子还给我”

我会因此变得憔悴，茶饭不思
因此我舍弃了，继续往上攀登

什么也没有，除了一丛丛的绿竹
绿竹丛里，也不见笋尖破土而出

等我下山时，又见墓地旁那几树桃花
在暮色中，仍然鲜艳无比

伸伸手吧

——来自地震废墟下的呼唤

伸伸手吧
我头顶上的这一块天
离我这么近
压迫着我的呼吸
黑暗从四周向我逼来
我的手脚被扎在水泥的枷锁里
从缝隙间汩汩而来的雨水
浸透了我的肌肤
伸伸手吧
我周围的伙伴有浓重的液体
从她（他）身上流淌
几分钟前还在呻吟的她（他）
现在已不能动弹
寒冷也通过毛孔
向我的心脏爬来
伸伸手吧
我要握住你递过来的
掌心的温暖
像爸爸的胡茬妈妈的笑脸
伸伸手吧
我要握住你递进来的
第一缕阳光

无　　题

终于带走了所有的词语，带走
那几只小鸟，带走身上轻盈的血液
去到山野，用一身的火
把一株株小草点燃；我将到何处寻找
那一只递送过问候的手，它将
变成巢穴，或跳荡的露水？也许
他会捏着一片光阴，在林子里转悠
叩问每一棵树的成长。当我们
踩着夕阳上山，它会摇撼着树枝
发出阵阵碎人的清响

启　　示

——给农学院一位教授

这世界荒草很多
牛羊们饥渴的叫声
使他失眠
辗转的床榻留一汪泪
从一个山头
到另一个山头
他开始寻找
使世界长膘的草种

荒草青青
而他的头发则花白
尘沙积重的年代
他的启示有多么大的意义
——世界并不荒凉
荒凉的只是发现者的目光

也许有一天
他在泉水边坐下
手杖变成笏板飞去
月光很清凉

泻在地上

草种在蔓延

绕一个肥硕的世界

完成一个生命并不难

难的是完成一个启示

第五辑

一个下午的摇晃

记忆的港湾

这一个港湾曾经伴随我多少个日日夜夜
以一泓清水洗涤我烦恼的灵魂
还有小巷边飘来的月牙儿
连同江边的桅杆一起
把我的思绪放逐良久
我屏息的时刻，仍听见
港湾的水拍打我梦的边缘
如今我的脚印就滞留在那里
成为人们临风怀想的印记
成为江水呜咽的音符
成为我灵魂日夜轰响的奏鸣曲
这曾经失落了的港湾啊，我带你不走
汲你不完，吻你不尽
只能让清风成为我的替代者
成为我最庄重的告别词，成为我遥远的记忆

空 网 蝉

自从一张网里逸出以后
整日里在林中的空地上飞旋
无所依托的痛苦
被翅膀拍打成比网更大的天空
落下的雨滴使树叶们纷纷逃遁
也许只是一次尝试
敲打旧皮革的声音仿佛社会的表面
殚精竭虑的鸣叫
只是留下一个空蝉壳蜕给历史做纪念

夏　天

一到夏天，女孩子们便长出鱼鳍
在大街小巷里游来游去
把炎热的空气游成一阵阵风
地面上像洒水车过去
把小伙子们的眼光游成一圈圈涟漪
像晚间的薄雾
在郊野弥漫开去，被自行车的铃声
追逐得十分欢快
一到夏天，大街小巷便长出许多蘑菇
孔雀开屏一样斑斓
只是等到秋雨一来，女孩子们
便瑟缩成一束束稻草，默默地立于
窗帘后面，等待来年

我疲倦了

我疲倦了
让我倚在你的肩上
像倚在巨大的枫树旁
风挟着落叶
从面前滑过
请把你的浓荫给我
我不再听见轰响

诗也疲倦了
瑟缩在小小的心房
像海鸟栖落在鱼帆上
桨虽然在划动
却没有起飞的翅响
请把你的浓绿给我
让我酿一个甜甜的梦

四月，海上的风

所有的风景都沉浸在蔚蓝里
海面上升起的浓雾
渐渐淹没了我们
没有海鸥
没有褐色的三角帆从想象中驰过
驮着天空的白鲨鱼一起一伏
在我们奔驰的视线里成为历史
四月的海上没有风
只有无边的世界瘫伏在我们的笑声里

山　　路

弯弯的山路，镶嵌在山谷中
那是前人为我们铺设的一条路
小时候，经常走在这条路上
有时是为了上学，有时是为了看望姑婆
山路半中间，有一座凉亭
凉亭旁有一眼泉水，一边供我们解渴，一边休息
山路上的石头，磨得很光滑
拼凑在一起，像极了一个个图案
那时候，山路边还有一排参差的古松
筛下的阴影，给我们以清凉
好久没有走过这条山路了，那一排的古松还在吗
抑或只是存在于我们童年的故事中？

驴　子

在山区路上，他碰到几匹驴子
背着箩筐
等待在路旁，等着主人将砂石铲进
箩筐里，然后背着箩筐
行走在山路上

同行的同仁介绍说，这些工人来自
贵州，他们承包了
寺庙，或高压电塔的建设
就用驴子
把一筐筐的材料，背到工地

而这些驴子也很聪明，只要
到过一次
下一次，它就不要人牵着
沿着荒路
它会记住，把材料送到那里

幸好有驴子的帮忙，人类的劳作
才不会那么艰辛
驴子替人类承受了一切，却又
默默无闻，真的应该感谢驴子，以及
与驴子一样，默默付出的人们

溪　　口

沿着山路行驶，他们告诉我
这是去溪口
在我的印象中，溪口不是在郊外吗
但是不，车行驶了半个多小时

参观完一栋古民居，又继续往前行驶
越过一道小溪
停留在几间房子前，他们说
溪口到了

原来是很小的一个村，才两百来人
古民居不多
剩下的最有价值的，是一座
颜色有点斑驳的古老的祠堂

祠堂里有李宗仁的题词，还有
吴石的题词
说明至少在民国以前，这个村的
某些人，在政坛或商坛，是活跃的

更令人称奇的，是一座拱桥

据说跨度是华东最大的
像一道彩虹耸立在天上，远远望去
而溪水在底下潺潺地流

古桥建于清同治年间，至今约有
百来年的历史
那个年代，乡间能建这么现代的桥
已是奇迹

除了桥，溪里的鱼也不错
有光鱼，有鲤鱼
最大的三四斤，村里人爱鱼如子
给鱼制造了自由生长的环境

我愿我的心也像鱼，在这
自由的水里扑腾
连同山间的清新的空气一起
享受一个没有喧阗的世界

给——

你不要从报刊上
寻找我的名字
我正沉默着
暖流从太阳汇入周身
但它不会流向你
尽管你的眼睛
仍从记忆深处向我注视
明亮如水母
曾多少次蜉蝣我梦境的眼睛啊
再不能在我的灵感里孕育以成穴
我只能从晃过的面孔启燃
而把蓝烟喷入天空
你知道，它不会留下什么痕迹
更不会氤氲为千百万人瞩目的风景
因此，你不必
像鲫鱼衔了水草在嘴角
把我的名字念了又念

摄 影 师

她是一名业余摄影师，每天
她在东湖边环行
她把鸟，装进摄影机里
然后又放出来，在天空斜行
有时，她也把雪山装进摄影机里
让雪山缩成一张纸的形状
更奇葩的是，她会把一个人装进摄影机里
把身子分离，而不
流一滴血，她每天生活得很充实
一面湖绕着她转
转着，转着，就转出一轮
夕阳来

蛇　　影

山路上的一只竹叶青
缓缓地爬过
我的眼睛，在黄昏的
时刻——突然背后，传来一声
惊叫，滑腻腻的凉意，滑过
肌肤，然后它
隐入树丛中。几年过去了
在我留意的地方，它
不再出现。而在
山下的空地，几个儿童
拉起了手，蜿蜿蜒蜒，摆出
一幅龙蛇阵——然后隐入
灯火中

镜　中

他单独向理发屋走去。理发屋的
镜子中，坐着一个人
圆圆的脸庞，不停地变幻着
颜色。后来，她起来，付了钱走了——
而他仍坐在镜子中，几年过去了，却
一直走不出来

迷　惑

一个人，和一群人有时候
没有分别。在
一群人中，常常忘记了
自己是一个人。在一个人时
又想不起
身体内还有，一群人。他们
吵嚷，指画着这一个
和那一个的行动。甚至
春秋时期的人，也
混迹其中。不信，你听：
“学而不思则罔！”

登山时节

登山时节，总喜欢站在半山腰上
沿着脚下坟窟的方向
向远方眺望
据说坟窟里埋藏着一位帝王
而此刻，他任我站在他的头上，喘息，擦汗
而一声不吭

世事真好玩！所有的喧哗和纷争，随着一缕
夕光的偏移，变得干干净净，只剩下
空气里的一树梧桐花，去年开了，今年又开

告　别

最后一车东西拉了回来。他与
办公室彻底告别
那是他亲手筹建的办公室，五年时间
五年时间的一分一秒
一元一厘，为了撑起这座大楼
他什么地方也不去
就待在这个机关，一待十年
而如今，办公室被安排给了别人
他将从这里彻底告别
请了原来的驾驶员来帮忙，只
几箱东西，一些文学杂志他不要了
一些政治书籍他不要了，一些
宣传品他不要了，他只要了一个茶杯
里面生满了茶垢，那
代表了他十年甚至三十年的生活
是如何过来的，忍辱负重
一步一步，充满了饥渴感

芦　　荻

一粒草籽是无谓的，但千万粒草籽
则会涌起一个大世界
芦荻，一个不起眼的植物，把草籽衔在
花朵上，风一吹，就到处
飘荡，满湖皆白，甚至天鹅飞来
也找不到回家的路
曾经的人民战争，就是这样
埋葬了日本侵略者的。站在波涛汹涌的芦荻
面前，我感到自己
如鸟蛋般的小

藏身于一所庭院

藏身于一所庭院，每天听着许多声音
从外面驰过
想象着寄迹于其中，肯定有一张
熟悉的脸庞，正奔赴
我所不知道的，遥迢的场所——
隔着几栋房屋，就隔开了
两个世界。外面是晴天丽日，而这里
已是细雨霏霏。凭着一只鸽子的起落
我知道了外面，更多的消息：此时已是
公元 2011 年，离宣统年间
已有百年之久

先　　知

先看到的是一只蝙蝠，然后是翅膀上的
云朵，然后是天

我在一块草地上行走

云朵先看到的是云朵，然后是一只蝙蝠
然后是翅膀下的一棵，晃动的草

关于他们的聚散：一只蝙蝠
已了然于心

门的位置

他走在夜的街道上，怀揣着一把
上个世纪的钥匙
他以为，有一扇门在等着他
打开
老师也这样告诉他
可他一扇扇地摸过去，就是没有
他要找的门牌号码
街道快到尽头了，他仍
想不起来：是一开始就拿错了钥匙
还是压根儿，就没有
这一扇门？

夜色里面

包裹在夜色里面，我们是一枚
蛋黄
抱紧枕头，我们
侧身而眠
我们做着各自的事。有人物在怀里
穿行，匆匆忙忙
各自奔往过去的所在
唯有一条狗被剥皮，被
悬挂上树梢，或许因为它的叫声……
包裹渐渐解开。我们奔忙于道路。我们
几乎忘记了
枕头的温凉

一个下午的摇晃

只要愿意，一个下午可以漫游许多地方
你可以到西藏
围绕着冈仁波齐，一遍遍地旋转
你可以把身体平放在地上
然后起来，把手举过头顶，然后又把身体
一遍遍地平放在地上。这时，正有什么从
空中下来，一点一点地汇聚到你的身上
——其实，你仍坐在办公室一动未动
只要愿意，一个下午你也可以溜到杜甫草堂
看看被风吹走的茅草，是否已回来，为何
一吹走就是一千多年？
你可以看纸杜甫，铜杜甫，石杜甫等各种形象
与你心中的是否有别？
写诗写了几十年，能把自己写进祠堂
除了杜工部，没有几个人
——而此刻，我的身体正在椅子里摇晃
一摇晃就是一个下午的时光

他在墙上微笑

他在墙上

看着自己

躺在下面的身体，微笑着

他看见，许多人

围绕着他的身体，频频鞠躬

煞有介事

他不知道，有一天

他会躺在这里，接受人们的鞠躬

而他，仍在墙上微笑着

几年前就准备好了的

微笑

他看着他被人们移走，移入

一堆火中

而他仍微笑着，还差点

发出笑声来

陶醉在久久难忘的虚无里

你在你的阳台上种植花草，我在我的
电脑里。午夜，你在阳台上浇水
的时候，我在我的电脑里，我提起的
水壶，像幽灵一般的轻。当你的花香
向房间内外飘溢的时候，我的花香越过了
这个省份，向国内外飘溢——呵，有时虚拟
总是凌驾于实体之上，正如一个人的名字
往往比一个人的身体，走得更远。当你把一束花
剪起来插在花瓶上的时候，我也把
远处的选载链接在电脑上。我们一同分享着
各自的香气，陶醉在久久难忘的虚无里

剩下的一株，瑟缩在空气里

今年清明，我又到了你的门前
门前的杂草，还是与去年一样的高

不是雨点，而是阳光，在杂草上跳跃
它们换了另一种样子，表示你的灵魂的存在

离门不远，几树桃花已被砍去
剩下的一株，只撑着枯萎的花朵，瑟缩在空气里

看不见你在门前，往来的脚印，甚至一截蜡烛
也一如去年，顶着烧焦的心，等待在寒风里

放一把火，让这些杂草噼噼啪啪地点燃
滚滚浓烟中，我似乎听见了什么，来自地下的叫喊

隐　　匿

池塘隐匿在山间。池塘边上，长满了
许多灌木，还间杂一些芦苇
一块石头，黑而白，坐在池塘边
胖实的影子，投映在水面上
不是不动，而是随着夕阳的方位
而移动，夜晚则随月亮。水里
没有鱼，有时是几具尸白的肉体
代替鱼，在水里扑腾。山间没有故事
一阵微风吹过，粼粼的水波，便是
激动人心的故事了
曾经有人，看见过一个和尚，从低处走来
在池塘边，掬起一捧水
抹了抹额头，又向高处走去——
从此池塘，便有了不同一般的意义

致消逝的生命

这时候，我垂下头颅是有道理的
我为那些在我的生命中
鸣响过的生命
我为那些在我的生命中
翩飞过的生命
她们的美丽的翅膀已经断了
在一阵风中

我已经活过了比她们长几十倍的生命
但我仍没有认真去
记住她们，她们的翅膀，她们的
容颜，哪怕是她们水一样的声音
我为自己的善忘而惭愧

来年，我一定更加珍惜她们，让我的
生命与她们的一起起舞，为了
共同存在的每一分钟

一念之间

被吃剩的鱼头，躺在碗里，眼睛
仍是铮亮的
我怀疑，她会游动起来，把空气
当作水，把房间当作鱼缸

如果那样，一切将会颠倒，真理
不再是真理，秩序不再是秩序
而人类将潜伏于水底，自身也将变成
等待被垂钓的鱼儿

好在鱼头躺在碗里不动，我的悬垂的
心，也放了下来，真理又
恢复为真理，秩序又恢复为秩序
人类所信任的一把火，又可以举向世间的万物

烧毁或保留，全凭一念之间

一点阳光

只需一扇玻璃，就把阳光
挡在门外
虽然触目的，仍是光，但已无
触感可言
树木在光里，慢慢地运动着自己；那个
老人，也在光里，舒展着四肢
在草地上。我还分明听见，几对鸟儿
在光中，抒出了春天的韵味
——可见万物的要求并不高，只需要
一点光。而我，却终日在阴影里
行走，从家里到办公室，从
办公室到家里；偶尔接触到一点
阳光，一如接触到巨人的名言
心里便有了，痒痒的灼痛感

这 些 年

这些年，只做了一件事，就是在桌子上
玩鼠标，认识一些
没有面孔的人，或虽有面孔，却不知道其面孔
是否真实的人

偶尔还见到一面孔不真实的人与
另一面孔不真实的人，为了一些小事，在空中斗来斗去
有如堂吉诃德与风车斗争的故事，不过更为虚幻
最后才发现，不知道对方姓甚名谁，何方人氏？

不过也收获了友谊，收获了诗歌。从网上走下来
还见到了一些真实的面孔，诗歌也在日益
精进中，一辈子不求出名，只求
留下一首诗的愿望，或许还能实现

听　　雨

我在屋檐下等待着，听雨
听雨从高空而来的
曼妙声
听屋檐在雨中痛苦地
跳跃
听一棵树逆着雨势生长时
被捶打的哭喊
我不会把自己想象成
一只燕子，在
高空中，切割着雨的方向
我只是一只蛰伏于
屋檐下的耳朵
准备着听雨，听雨的势力
从迷蒙中而来，让地面响起
歇斯底里的奔跑声

小鸟们也分割着天空

小鸟们也分割着天空。麻雀只在
檐间跳跃，有时在二楼
有时在三楼；而燕子喜欢在屋顶盘旋
虽然她们不知道天空有多高远
剩下的空间都是鹰的，他随时变换着
翅膀的姿势，他的眼睛会看见
一只雏鸡在地面上走动（多么敏锐的
洞察力，在遥遥的高空，而且在运动中）
当他俯冲向地面时，整个天空都在
颤抖，因他扇起的一场剧烈的风！

山的背后，一定是山

山的背后，一定是山
山的褶皱里
冒出来的，一定是人
伴着流水，爬上山顶，她们把白云
装进筐里，带回家
通过灶膛，她们让白云，还原为白云

纸上生活

他们一个个从纸上走下来。在会见厅里
我以为我也是
来自纸上。我们站在大理石上说话
说我们的纸上生活。我们忘记了先前的
软，而感觉着
当前的硬。我以为他们会说出
纸里包着的秘密，没有。我后悔我之前的
颟顸，以至于在十六层
地狱之下，仰望着他们，不得不伸出
长长的脖子

无垠的苍茫

雪覆盖在山冈上。覆盖在 2013 年 1 月 1 日凌晨五点
的曙光上
覆盖在我的胶质鞋底下
——我与雪，与阳光，与凌晨五点构成了立体关系
雪，随着我的胶质鞋的滚动而滚动。随后是山冈。随
后是 2013 年 1 月 1 日
与我的胶质鞋无关的是远方，无垠的苍茫，我知道，
滚动于其中的
都是泡沫

雨 亭 廊

离城三十里。幽静而孤寂。太阳
从一棵苍松的枝叶间
筛下来，在水面上粼粼发光
一条蛇从溪的对岸
游向溪的这岸，又往回游
岸边一公里的长街，有的路段建起了
雨亭廊，人们在其中休憩，下象棋
打扑克，说故事。坐在亭廊边，风
微微地吹来，使汗珠全无
敲锣打鼓的声音，在春节间穿过
那是游神的队伍。我曾站在其中，手持
一炷香，为我的家人
祈祷

时不时响起手杖的敲击声

面向溪边的一侧，是一排店铺：
糕饼店，豆腐店，缝纫店
理发店，猪肉店……
我曾捏着两分钱，去买一块光饼
捏着两角钱，去买几两猪肉
好回家做成肉糜给曾祖母吃
没事的时候，我就坐在溪边吹风
吹着吹着就长大了
犹记得老街里的一把二胡，幽怨的琴声
在水面上回荡
但拉二胡的人已经走了，老街也衰落了
下来，只是铺在老街上的石头
依然光滑，时不时响起手杖的敲击声

老　　宅

老宅坐落于田野的中央，面朝后门山的
方向。小时候，曾到它里面游玩
惊诧于它的大，前后三进，还有后花园
老宅建于何时，没有书本记载，据说是
清朝末年了。第二次进老宅，惊诧于它
泥塑的多，以及窗棂的雕花
第三次进老宅，惊诧于它墙壁的夹缝
板墙中夹有砖墙。据说主人是
因经营茶叶而得了暴利，而建起了老宅
总之，它在我们村里，是因富丽堂皇
而引起了人们的注目
近来回乡时，我总要到里面走走，看看
它门口边的一口井，是不是还在
汩汩地冒着清水

西安城墙

两千年抑或三千年。一颗头颅与它

比试自己的重

两颗头颅，一大堆头颅

当然，都抵不过一块砖

护城河血满了，消退下去；又

满了，又消退下去

唐明皇的故事，杨虎城的故事，都已

成为故事

在城墙上，我感受到的是风，浩大，且空

风驰电掣的感觉

小时候，住于山村，不知道汽车
是什么样子。每次到父亲
所工作的公社，一听见汽笛响，就
赶紧溜出来，看汽车，一个庞然大物
拖着尘土，从面前隆隆驶过
直至消失在山的背面。后来，上大学
坐火车，长长的一列，如一条巨大的蟒蛇
蜿蜒在山水间，觉得
煞是好看。现在，汽车看多了，火车看多了
已不稀罕；倒是对风驰电掣的动车
有了经久不散的新鲜感
梦里常看见一列动车从头脑中穿过
奔驰在祖国的版图上

最后的胜利者

一个器宇轩昂的人与灰
建立起联系
是谁也想不到的。假如有人说他是灰，他肯定甩过
一巴掌。而现在，他静静地躺在那里
等待着，早一点变成灰，他家人
也是如此。但那些，在他胸间
百转千回的心事，是否都已变成凝固的血？而那只
曾在他眼瞳中悦动的
麋鹿，如今跑向了哪里？却
一无所知

东 湖 边

我睡下来的时候，她也睡了下来
她就在我的身边，荡漾——

但正如有许多人物在我的脑中穿行一样
也有许多的鱼儿，在她的身体中穿行——我在梦着，她也在梦着

甚至有人在她的梦中垂下钓丝，想从其中
钓出一两条鱼儿来——于是，星火点点

第二天，当我被车声推着醒来，不得不沿着街道奔驰时
从海边而来的涌浪，也一波一波地把她推醒

让她看天空的云朵又聚集了起来，楼台的影子
又横切过她的心脏——

但从她心脏里飞出的一只鸟儿，是谁也逮不住的
越飞越高，白得耀眼

海滨一号公路

围绕着海，一条公路徐徐打开
它把海湾一个个揽在怀里
海湾里有细沙，状如宇宙的尘埃
脚踩在上面，有如踩在云朵之上
海湾里还有絮絮拍打的细浪，带着
大海深处的讯息
只有赤身裸体去抚摸，你才会感受到她的蜜意
在一些拐角处，建立起了观景台和房车基地
把山色和海景紧紧联系在了一起
此刻，我愿自己是一个讨海人，在
沙滩或泥地，脚上沾满浪花，把蛤蜊、跳跳鱼
蟛蜞、螃蟹一个个
押到我的背篓里

三沙一夜

原以为睡在三沙民宿，会看见
日落或日出，想不到天穹呈现给我的
是一片灰蒙蒙的云朵，云朵之下
是定置栅，一大片有序地向天边铺展开去
天边是远山，黑黝黝的，像海的花边
海中央，偶有几艘铁壳船
矗着桅杆，呆立在那里，不知何为
我反复把推拉门打开又关上，关上又打开
像连续打开了海的胸膛
乌云渐渐聚拢，天色渐渐沉了下来
海的胸膛里，没有一条鱼跳出
给天穹一个吻

岛

作为大海的一分子，岛在接受
海浪的噬咬
海浪越猖獗，岛越峭拔
直到岛的身上千疮百孔，海浪仍不放过
看，又一拨白色的巨浪
从远处排山倒海而来，但岛
只是挺了挺身子

牛

憨厚得有点过分。虽然长着两只犄角
却老是被人欺负。一会儿是吆喝
一会儿是皮鞭

身上背负着犁铧，却一点不得休息
直到把原野里所有的土，翻了个遍
才得以躺在牛棚里睡一个长长的觉

吃的是草，与肉绝对绝缘
连一点欢乐也被阉去
除了几只留下做种的，才有了下一代

这是命呵，谁叫你是牛！
一代一代重复着同样的命运
惊觉间，眼里又飘来了一道鞭影

命　　运

树木的命运大有不同
虽然同样是参天大树，有的被选做
宫殿的栋梁，有的被选做
棺材板，选做宫殿栋梁的
日日接受百官的朝拜
选做棺材板的
却只能日日与尸臭为伍
蚂蚁也最先把棺材板
啃噬而去
而宫殿的栋梁，几百年后
仍矗立在那里
日日被崇敬的目光爱抚

蓑 羽 鹤

蓑羽鹤经过喜马拉雅山
山巅时，要迎接
怎样的风？但它一心一意地飞着
翅膀刮起了一阵阵的雪

那是一个怎样的目标，让它
如此专心的飞行？
要不是前方有一片大海，要不是
有一片花开如茵的草原

在电视中，蓑羽鹤逆风飞行
翅膀下挂着一座座雪山
有时它嘎嘎大叫一声
会引起天地间雷鸣般的回响

蓑羽鹤，请记住它的名字

我们的头顶

我们的头顶一定有一个巨型的水库
我们在水库下疾走

每年三月，水库就开闸放水
哗啦啦的水声从远处听来十分真切

那些张开了花朵，舒展着芽孢的树木
因了放水而长得更加拔节

但我们翘起头仰望
我们看不见水库，只见一片黑压压的云朵

于是我们放心地继续疾走
水库仍在我们的头顶闪耀

鸟　　儿

真的可怜那些鸟儿。大雨来时
只能孤零零地站着
接受大雨的浇淋。大风来时
只能衔着鸟巢，在大风中与树枝一起
摇晃。没有鱼时，只能接受
三天三夜的饥饿
有时产下一些蛋，却又会被其他天敌
偷食。孵出的雏儿，经常有因为得不到
吃食，而倒毙的
即使成长出的雏儿，有几个还认得
自己的亲生父母？但鸟儿
仍一代一代不停地繁育着，那遮天蔽日的乌云
不是乌云，而是鸟儿的阵容
它们从南方正飞往北方

黄昏之后

夕阳落山之后，天空有一会儿明亮
这时候，是鸟的天堂
有两只鸟，搭着肩膀，在湖面上齐飞
我看清了，一只是白鹭，一只是灰鹭
灰鹭的翅膀巨大，扇一扇，似乎要把
一整面湖扇上天空

而白鹭的翅膀则偏小，显得有些无力
它们机械地振动，没有
停下来的意思。从木麻黄的树林里
飞出了几只蝙蝠，翅膀振动的快速度
是白鹭和灰鹭难以比拟的

与昨天不同，一株枯干的树木上
站了五只鸬鹚，今天看去，不是昨天的紫色
而是呈黑褐色，它们的层次性
很明显。此外，湖面是空的，除了一只
捕鱼船，再没有其他的赘物

风徐徐地吹来，显得像春天的样子

跑步的人

羡慕常年跑步的人，他把路
黏在脚上，随着脚踝的起伏
而起伏，树木，花草
向后流去，流去的还有，不疾不徐的风
湖水因他的脚步的节奏，而跳荡
当他踩在大桥上，大桥变得
像棉花糖一样柔软，变得柔软的
还有他的身体，他的血液从左心室到右心室
快速地切换，血管像琴弦一样
变奏着弦乐，有一些东西从他身体里溜出去了
有一些东西从他身体外溜进来了
他不知道这是什么。他把路抬起又放下
放下又抬起，像舞弄着一条蛇
而他自己，就是那条吐出的蛇信子

撒网的妇人

一只泡沫筒组成的船筏上，站着一个
撒网的人
穿着红马甲，近前了，才看清
这是一个妇人
她的头颅的后面，挽着两绺发髻
她在一遍一遍地把
尼龙渔网抖开，然后撒到湖水里
这片湖水经过放水，有的片区曾经枯干
许多死鱼麇集在芦苇丛里，当然，她不可能没看见

但她仍在认真地，一遍一遍地撒网
是怎样的家庭窘境逼着她，冒着寒风
在这湖里，一遍一遍地撒网？
我没有看见她捞起什么
只见到两个泡沫箱，安静地跟随在
她的船筏上，似乎在等待什么
似乎什么也不等待

天空从不拒绝它的飞行

栈道的两边，是一圈芦苇
在这海淡水混合的地方，芦苇居然能生长
可见其基因是有了些变异
栈道被湖架起来，相反，栈道又安抚着
湖，脚踏在上面，可见得
湖水的晃动。今天是农历二月十四，不到傍晚
居然一轮银月也出来了，只是
不那么圆。我放开脚，在湖堤和栈道上
轮番行走，有时，有感于鸟在芦苇边
的云集，掏出手机，拉近距离，照它几张
除了白鹭、灰鹭、野鸭，再没有其他鸟的影子
悬浮于水面上。向远处看去，看见有人
在水面上放置了浮筒，以便鸟们站立
树上不见鸟窝，鸟们的宿营和繁殖在何处
不甚了了；同其他野禽和动物一样，鸟们
亡故后，其身体归于何处，也不甚了了
但天空还是属于鸟的，只要它有兴趣，天空
从不拒绝它的飞行

钟　声

寺院屋檐边角上的一挂蜘蛛网，整日
在风中飘荡，它并非
无所事事，它在等待着飞虫的到来
寺院一千多年了，蜘蛛网悬挂了多久？没有人知道
一俟飞虫黏上蜘蛛网，几条腿
还在踢腾，躲在一旁的蜘蛛，就缓缓地
绕过蛛丝圈，向猎物靠近
一千多年了，这只蜘蛛许是世界上，听梵音听得
最多的蜘蛛了吧？但它动不起
恻隐之心，它把八只爪，紧攫住猎物
先从头部开始，一点一点地吞噬
动物的生存的欲望，使它战胜了
佛祖的教诲，而寺院的钟声，又
适时地响起，使人间的暮色
又加重了一层

油　画

贴着玻璃窗的一丘山峰，几年前
还是一副斑驳的样子
挖土机在它的身上拼命捣鼓，它能
活下来，已是奇迹
想不到，几年后，树木缀满了
它的浑身，这些树木，没有松树、杉树、桉树
这些人工易栽培的树木，而是
布满了杂树，也许有许多鸟
在它里面啾鸣，但隔得那么远，我
没办法听见。这种事，在西北
是不可能的，光秃就光秃了。但在这里
风送来了植物的种子，雨送来了
植物的种子，连小鸟也通过粪便
送来了植物的种子，于是，一山的植物
便在胡乱里葳蕤起来了。我的玻璃窗
像是贴上了一幅油画，每天
都在变化着，特别是夕阳下山的时刻
夕光映照在树叶上，像一只只
欲起飞的翅膀，如果把人的身影
加入其中，这幅油画便丰满了

乡村一夜

这令我感到惊奇。一座小小的
乡村的新房子里，整洁的茶几上
以及沙发上，居然堆叠着《西方哲学史》
《世界思想史》以及《时间的奥秘》
等等从西方翻译过来的书，书皮崭新，装帧精美
像是刚刚购买不久
我原来以为，这是只适合堆叠农具的地方，现在
竟然堆满了现代书籍。它们的主人
是我的表姑，以及她的，上过财经大学的儿子
原来在央企干过一段时间，后来辞职
炒起了股票和期货，而现在
则研究起哲学和心理学，每隔一两个星期
就会从省城回来，看望母亲，就着茶几
研究起学问。我以为我看的书多了，但
比起他来，则失之浅陋。我特地在乡村
留宿一晚，与他舅舅，与他母亲，与他兄弟
以及堂兄弟，聊起过去的事，聊起
我的曾祖母，他母亲的外婆，聊起我的姑婆，他的
外婆，聊起母亲，他的表婶的许多的事
茶倒是没喝多少，都是矿泉水，淡淡的
但味道可不淡，十一点多了
起身看窗外，星宿稀疏

离河不远

窗户下的河流，在哗哗地流着。夜里
睡不着，他就听着这流淌声
傍晚下了一场暴雨，一直到下半夜，就没有
消停下来的意思。雨摔打着树木
也发出哗啦啦的声音，只有树木，才经得起
这样的捶打，人可不行。早上起来，看见
几株高大的树木，还开出了一串串的蓝花，应该就是
蓝花楹吧，不知依靠什么样的内力
它们才躲过了这样的浩劫
窗户就在五楼，离河流不远，因此声音听来
十分真切。他老家的房屋也临河，小时候，就是听着
流水声长大，后来
到了城市里，搬了几次家，房屋总是
离河不远。孔子曰："浩浩乎无屈尽之期。此
似道。"应该说，他离道也不远了
此刻，水面清净，一些水草，蛰伏于水中
溪水淌过石头时，还发出白色的花朵，像一封封邀请函
他真想，去掉一身的伪饰，到水里扑腾
做浪里白条，只是想起这 17℃的刚刚立夏的天气
他心里就有些胆怯了
何况，水还那么浅

雷　声

世界陷入了黑暗。雷声仍在窗外
一闪一闪，楼群矗立着
在等待暴雨的到来。这是城市的一角
昨晚的雨，还没有把城市淋透
于是，在等待着第二场雨。不到五点钟
对面楼房七楼的房间里，亮起了灯
抱着婴儿，在玻璃窗前眺望的
是一个男人的剪影
城市自有它的庞大处，但处于
雷声和暴雨中，其实，也如婴儿
我记起了昨天，在地铁中穿行的情景

这是人类逃避暴雨的绝佳方式，但
躲不过雷声，雷声会一直
追踪你到地下深处，好像你
真的犯了巨孽一般，隆隆的机械的摩擦声
也掩盖不了它在
你的耳朵里的轰鸣

波　　纹

东湖的水面上，浮起了一圈圈的鱼群
它们浮在水上似是在呼吸
但又不像，它们游弋的速度，还是够快的
我们只能看见它们，褐黑色的脊背
偶有一条似是大黄鱼的鱼
混杂于其中，给鱼群的色彩增添了些变数
这时候，风吹来，或是太平洋的波浪涌来
湖水开始激动，鱼群在湖中
有如在坐过山车，最可笑的是一只白鹭
它想啄食鱼群，但苦于下不了手，在空中
徘徊了一会儿，终于放弃
先勾起双脚，然后
慢慢敛起翅膀，滑翔似的，稳稳站上一枝
伸出水面的黑色树干。此时，水面上
仅有两只小渔船，在打捞天空的影子
一个人撒出渔网，一个人握着桨
正是太阳落山的时刻，残留的暮光
照在渔网上，有些灿烂
我往回走时，回了个头，除了看见有
一两条鱼儿，跃出水面，发出泼剌声
整个湖面是安静的，漾着一圈圈的波纹

山的影子

我的影子，有时候在我的左边，有时候
在我的右边，随着阳光位置
的移动而移动，而西山不，它的影子是固定的

每次进山，西山以它长长的影子，先是
覆盖我的跑鞋的鞋面，然后是
我的膝盖，然后是，我的面部的轮廓

那些毛竹、樟树，以及被砍去的松树
都躲到西山的影子里了
躲进的，还有那一只毛茸茸的松鼠，它是活跃的一分子

不用说，我的影子与西山的影子交叠在了
一起，我的影子托举起了山的影子
而太阳在山顶旋转，它带来了黑夜，使它成为山的一
部分

水 洼 里

水洼里的水，从一个水洼流向另一个水洼
雨势正从天空下来
它使水洼涨满。一只鸟经过水洼
她看见了其中的自己，她抖了抖羽毛
并在其中消失了。水洼边长出了野草
在边上摇曳，它 90 度躬曲的身子
像千年前的某位贤人。我在边上行走
水洼感觉到了一座山的移动
它要么把水洼里的天空填平，要么它自己
制造另一片天空，或者干脆它就
伫立于边上，撑着一把伞，等雨势
收停，天空里的飞鸟全部回到
水洼里，而水洼，蒸发为
一片虚空

女　神

每个家庭都有这样一位女神。她离开了
原生家庭，来到
陌生者的家，帮助生儿育女，料理家务
抚养一代人的成长。生下的儿女
冠以陌生者的姓。我的曾祖母，就是这样一位
女人。相距三十二天，曾祖父和祖父
牺牲后，她亲手埋葬了血淋淋的
尸体，把两个姑婆送给人家当童养媳，独自
抚养着年仅六岁及三岁的幼儿，和年不及周岁的孙子
背负着“土匪婆”的骂名，走在艰难的
求生之路上（其间，年仅七岁的三儿子，饿毙在
砍柴的山上）。她不曾以自己的潘姓
给哪一个儿子冠姓。帮人洗衣服和儿孙卖糖卖饼
是她生活的来源，终于迎来了解放
当人们诧异于她，走过如此艰难的十五年时
她笑了笑，没有回答
这样一位女神，撑起了我们家的天
当我们走近她时，时光的宽银幕在眼前
一片片脱落

交臂而过

每次到了山腰的半山亭，就见一个
穿着橙色 T 恤的女子
在用手，转动着落日

而在即将上山的学校边，一个有点驼背的
瘦高的老人，他在归拢着
纸皮箱，还有一些废弃的流水

岔道边，不见了往日呆滞的妇女，而代之以
一个更老的老头，他的竹篮里摆着的
除了几根黄瓜，还有一些旧时光

除此之外，就是上上下下的一些人，我叫不出
他们的名字，他们也叫不出我的
他们沉默地穿过我的生命通道，直至走远

石砌的阶梯

一级级的石阶在脚下延伸，我甚至看见
那凹凸里的一道道斑纹
那斑纹采自大山，哪一道悬崖下？
或者干脆，就采自豹本身？
我踩着它向前走去，有如踩在肌肉之上
显然，这石头没有心跳，甚至没有触觉
但，真的没有心跳和触觉吗？春天一年年地从它身上
走过，它年复一年地衰老，不就是心跳和触觉的反应吗
有的石头一年年地风化，只得挖起来再植
而更多的石头，牢牢地坚守着自己的位置
等待着那一阵脚步声，从身上跳过，消失于密林中
而云雾缠过来，缠绕着它竖起来的
身躯，像天梯一般，度着岁月的往来

过　程

一条河流在日夜流淌。它从源头取来了
水滴，它从终端取来了
云气。它从中间，取来了钓竿

水滴在不断变化。它经过了岩石的
摔打，它经过了别的事物的
挤压，当它在芦苇丛里流淌时，是面目全非的

总有一天，水滴会壮大。它举起了船头
举起了水轮机的旋转。当江豚寻求它的庇护时
它用身体覆盖了它们

一条河流总会到达目的地的。不管经过了多少枯竭
多少弯曲。当它到达目的地时，显得
很平静，是一道水到达另一道水的平静

再次的奔腾开始。通过天空，水滴还原为
水滴，再次的摔打，再次的挤压
再次的面目全非，见证了它不甘屈服的过程

驼　　铃

生命只是过程
沿途看到的是风景：有人看到了美好
有人看到了贫穷。而你却什么也没看到，手里
只是捏着一把沙
有时沙进，有时沙退，事物在
不停的牵扯中
有时你看见天边的曦光，你以为那是真的
但不一会儿，就
消失了，万物拢于原有的宁静
一只鸟从水上飞过，你以为会给你
带来什么，其实什么也没有
跋涉于沙漠上的驼铃
把细碎的响声，带入天幕的耳鼓
那是人类留在人间的
最清晰的记忆

门

他身后的门突然打开，出现一个长达十几米的
黑洞，黑洞里有蔚蓝的天空
还有一座，貌似宫殿的庙宇
宫殿前放置的两只脚垫，引领着你
去膜拜。在他一闪念之间，他
止住了脚。来来回回，上上下下十几年
他从来没见过此门打开，他以为
里面是虚幻的。此刻，里面真的住着人吗
一条石砌小路向前迤逦，小路的尽头
是云朵，有东西在里面翻滚
他止住了向里面探究的欲望，一转身
继续向前攀去。门哐当一声又关上了
这之后，你知道，一切如常，秋天的露珠
湿了他的脚趾

窗　外

侧过脸，他看见窗外的天空
竟是灰蒙蒙的一片
这早晨闹过鸟雀暴动的天空，此刻
仿佛没有人光顾过的藻井
藻井里，有一些楼房矗立，有一些楼房蹲伏
趴在楼房里看天的人，眼神
竟是像他一样的呆滞。刚才，仿佛有雨来过
地上是湿漉漉的。他忆起昨日从竹林下经过
有几声鸟鸣溅入他的脖颈里
一样清新。他推测，这是一个宜于行走的夏日
尽管天色有点灰暗，但时光
足以让他随处逗留

山间挑夫

他们在浓雾中来去。他们把木头扁担挑得
咯咯地响。扁担上一头搁着
桐油，一头搁着茶叶
海在遥远处呼唤他们。海会向他们呈献出
黄瓜鱼、龙头鱼、咸带鱼……盐，以及从海外
漂来的，煤油的影子。煤油会让一个小山村
燃烧起来，黑暗被剥蚀，哦，那时不叫煤油
叫洋油。山路随着扁担的起伏而起伏
有时候，他们会碰到一个亭子，歇下担子，去
小池边，啜一口水；更多的时候，他们得
连续两三个小时，不停地踩着石阶，颤抖着脚
一步一步地在浓雾中抬高着担子，直到担子高过山巅
他们心里的号子才减弱了下来
路遇劫贼，那是另一番状况了
在闽东，自寿山至莒州至建瓯，两百多公里的山路上
踯躅着这一帮人。当我试图走进他们时
浓雾已将他们淹没

归　来

心跳得那么快。我回到了我的父母之邦
经过了三个月海上的航行
和二十年的别离
阳光熙和，青草像线装书一样生长
没有了压迫的街道，装满了人们的笑脸
没有了租界的国土，像阴影一样
辽阔。我将用我带回的试验数据筑起
导弹和航空器的城
以及原子弹、氢弹。在不怕压的祖国的身上
又竖起了一根根的脊梁
你知道，我也会老去，但我将以我的老
换来祖国的沧桑

省　城

他又回到了这座城市，省城。二十七年前
他曾作为挂职干部，在这里
待了一年，住在一个小巷子里，一片楼房的下面
阴暗，潮湿。当时他对自己
抱有很大的信心，后来知道，那是幻想
他曾去看望过一个语文老师，回到省城
在一个立交桥下的店铺里，给女儿帮忙
他提了几斤水果过去，她高兴得跟什么似的
但她与过去相比，显得干瘪、瘦小
有点弱不禁风，就是她劝他报考大学理科
改变了他的人生轨迹，现在回想起来
对，还是错？也说不清
几个月过后，当他挂职期满，打电话过去
想同她告别时，在电话里，她女儿说
她已不在了。他握着话筒，惊呆在那儿
话筒里传来声音：“你要不要过来？”他说不，不
他不过来了。过去又有什么意义呢？只对着遗像叩拜？
一晃二十七年过去了，省城改变了许多，他也老了
那条他住过的小巷子再没有踏足过，以及门口
看门的那个老太婆，估计已经不在了
每当有女客来访，她的眼睛瞪得雪亮

山　居

两扇低矮的柴门敞开着，一只狗
出出进进，院子的天井里
一只斑斓的母鸡，正领着一群小鸡在散步
小鸡毛茸茸的。天上没有老鹰盘旋，一切显得平和的
　样子

这是在公路边看到的一家农舍的景象。主人早早就
出门收稻子去了，他歪戴斗笠
身着粗布衫的样子，与当年的我，是一个模样
或者，我看到的，就是当年的我？

偌大的乡村，人都已流失了，除了种一些果树
稻子已很少了，但村庄还在，村庄里的农舍
还在，修缮一新的敞开门，迎接着白云的进出
有时是记忆中的人影的返回

我期盼着真实地回到农舍里，用竹笕里的
清水泡茶，敬明月，也敬清风
还有敬一千年前的仙人，你们留下的不朽的诗篇
灿烂了这个萧索的清晨

小 山 村

在山的褶皱中，镶嵌着一个村庄
三五户人家
山墙涂成土灰色，一只狗
在山墙外逡巡

偶尔有一声鸡叫，告诉人们
一天醒了，于是，竹斗笠、黑蓑衣，纷纷
挤出房门，村道上走着的
是惺忪的睡眼

竹笕绕遍了村庄，它引来的水
不止泡茶，还喂猪、喂羊，有时也喂鸭
还喂那些走出村庄后
时时想起的童年

只有二哥娶上了老婆，大哥、三哥还是单身汉
都四五十岁了，村庄的未来令人担忧
老爹的旱烟袋里，吸着的
是无尽的风雷

天　　空

天空是赤裸的，它毫无牵挂
有时它牵挂一朵云，但不久就飞走了
有时它牵挂一只鸟，啁啾了一会儿，不久也就消失了
倒是它牵挂的一些树木，它们
低伏于天空的低处，对天空构不成存在的意义

倒是在天空下，疾走的一些动物，它们的
存在或消失，牵动了天空的心
已经消失或濒临消失的，比如恐龙、剑齿虎、豹、狮子
大熊猫等等，还有那些还在草丛里行走的
大头蚁，它们的消失，也只在一瞬息之间

天空还会牵挂一些雨，一些雷电
一些逝去又返回的人，他们的出生和成长
当天空无所牵挂时，有时又会发大脾气
天昏地暗的时刻，人们在颤抖中
接受了天空的审视

天空固然不空，它的空只是一种假象
在无数人走过的队伍后面，一阵烟在天空深处升起

后　记

从初中起，我就对诗歌产生了兴趣，至高中时，有一位语文老师对我比较关爱，经常要求我写一些作品给他看看，于是，我就每隔一段时间写一些诗给他看，虽然他当时也没提什么意见，但对我的激励是巨大的。那时，学的是楼梯体，比较偏于口号。

1977 年高考，我原想考文科，但写信给初中的一位语文老师征求意见时，她激烈劝告我报考理科，“否则你以后会后悔的”，在后悔两个字下面加了重点号。“恭敬不如从命”，于是我改考了理科。那时的中学，学工学农的任务很重，课程基本没怎么上，要从头赶上课程，可知难度有多大。我终于通过复习，赶上了高考线，被福建农学院农业机械系录取，不过，这是超志愿录取。至于 1996 年以后，我通过在职学习，考取了中国人民大学产业经济专业在职硕士研究生，并获得学位，那是后面的事了。

在大学第二年，我对文学的兴趣被领导看上，安排我主编院团委、学生会的机关刊物，虽然这是一份油印刊物，但在大学生中还是有一定影响的。通过刊物，我们几个对诗歌有兴趣的不同系不同年段的同学组成了一个诗社，经常开展一些活动。虽然毕业后，直至现在，仍然坚持写诗的，只剩下两人，但诗社对我们诗歌兴趣的培养，是恒久存在的。

毕业后，1984年，我到乡镇工作，在乡镇也举办了一场笔会，邀请省级刊物的一些作家参加，也办起了刊物，增加了乡镇对外的知名度，促进了当地经济开发区的开发，同时也团结了在乡镇的诗友，激发了大家写诗的兴趣。

由于工作之余，写了一些新闻作品，我得了两个征文奖，觉得自己往新闻行业发展比较好，那时市级报社刚复刊，需要人，我就要求调到了报社，在报社待了两年，因为工作需要，我就调到了市委办，负责主编市委机关刊物，主编了三年多。后来又到了行政部门工作。

以上就是我与诗及文学接触的一段经历。我的诗在福建省省级文学刊物发表要追溯到20世纪80年代后期。在《诗刊》《诗选刊》《中国诗歌》《星星》《诗潮》《创世纪》等文学刊物发表，要追溯到2010年前后。20世纪90年代以后，有十几年的时间，因为工作关系，我基本上没有写诗。2008年，因为汶川地震，忍不住内心巨大的悲痛，重新拾起了诗笔，从此一发不可收拾。由于平时工作忙，懒于投稿，见刊的作品不算太多。

我写诗崇尚真诚，认为只有真情才能打动人心。另外，也重视诗歌中的语感，认为古代诗词朗朗上口，是其中平仄处理得当起了重要作用，新诗要借鉴古体诗的经验。此外，诗歌的修辞在其中也是不可缺少的。前期比较喜欢舒婷及朦胧派的诗，后期比较喜欢卡佛及詹宁斯、奥利弗等外国诗人的诗，叙事及口语在诗中得到了重视，但象征的意味相对减少了些。通读整本诗集，我更喜欢象征意味浓厚的诗，耐得住咀嚼。

诗的道路是无止境的，谁也不能说，我已经拿到了诗歌皇冠上的明珠，即使是一些著名诗人。我们唯有努力，兢兢业业地向前走去，或许能有一线接近明珠的希望。是为记。

2023 年 2 月 17 日